新潮文庫

朝比奈うさぎの
謎解き錬愛術

柾木政宗著

新潮社版

11058

目次

contents

朝比奈うさぎの謎解き錬愛術

Cool PI and his Cutie Pie
Stalker's Case File

プロローグ

朝、二十年前に最新だったベッドの上で目を覚ました。

二十年前にはピカピカだった置き時計を見ると、午前八時。

ドアの隙間(すきま)から、コーヒーとパンのにおいが流れ込んでくる。

誘われるように起き上がり、スリッパを履いて寝室を出た。

壁にかかった中年男性の写真——父親なんだけど——を横目に、リビングへ。

食卓の上には、バターを塗った焼きたての食パン。淹(い)れたてのコーヒー。できたばかりの目玉焼き。端がまだピンとしている、新鮮なレタス。

——すさまじく完璧(かんぺき)。

僕の起きる時間を完璧に計算している。神業だ。

キッチンから、エプロン姿のうさぎが、ぴょこぴょこ歩いてきた。

遠近感がぐらつくほどの、小さい顔。茶色くてまっすぐな髪。

左右には一つずつ、髪の束を作っている。ハーフツインってやつか。

輝きを集めて離さない、キラッキラの目。

東京都国立市内にある、小泉女子大学の一年生。それが、朝比奈うさぎだ。

「あ、迅人さん。おはよーございます」

笑顔であいさつをするうさぎから僕は目をそらし、椅子に座った。

うさぎは僕の横で、説明を始めた。

「そのパン、朝から二時間並んで買った有名店のものです。コーヒーはうさぎが汲んできた富士山の洞窟の水で淹れまして、目玉焼きの卵は山奥の養鶏場から直接買ってきたものです。レタスも有機栽培している農家から直接買ってきました」

「…………」

手を合わせて、小さく「いただきます」。まず、レタスに手をつけた。

う、うまい……。

「ドレッシングは作りたてです。スパイスの香りがまだ立ってます」

そのあと、パンをかじった。

「あっ、バターも牧場で買ってきました。新鮮ですので、胃もたれしやすい迅人さんでも、いっぱい塗って大丈夫ですよ」

僕は胃もたれもしやすい、もたれ体質だ。ちゃんと気遣ってくれているらしい。

でも、別にもたれようがかまわない、そういう気分だ。

だって、うますぎる。何だこの味は。

コーヒーも、目玉焼きも、サラダもとんでもなくおいしい。大満足の朝食だ。

朝食だけは――大満足だ。

――さて。

ちゃっかり完食してから、うさぎの方をまっすぐ向いた。

「ん……？　どうしました、迅人さん？」

首をかしげて、くちびるをすぼめるうさぎ。

かわいい仕草ではあるんだけど……。僕は覚悟を決めた。

「……うさぎ。どうやってこの家入ってきた？」

うさぎはニコッとして、

「こっそり作った合い鍵(かぎ)ですっ」

「……簡単に合い鍵を作れないようにしたはずだけど？」

「バレましたか。ドアを破壊しました。迅人さん、最近ようやく、『うさぎ』って下の名前で呼んでくれるようになりましたね」

だって、『朝比奈さん』って呼ぶのが面倒になるくらい、顔を合わせているからな。

「最初は恥ずかしがって、遠回しにしか言ってくれませんでしたね。今となっては、何だか笑っちゃう思い出ですねっ」

と、うさぎがしみじみと回想モードに入る前に。

僕はテーブルを叩いて、思い切り立ち上がった。

「そんな話は知らない！　勝手に入ってくるなって何度も言ってるだろ！」

うさぎは口をとがらせながら、

「だって、うさぎは迅人さんのことが大好きなのです」

「りっぱな住居侵入罪だぞ、これ。あー、もう！」

髪をくしゃくしゃとかきむしる。

最近万事こんな調子なのだ。うさぎが生活を浸食してくる。

「うさぎは、明日も朝食つくりにきますからねっ」

朝比奈うさぎ。彼女の行動を一言でわかりやすく言えば、うん。

うさぎは、僕のストーカーだ。


僕の名前は望月迅人（もちづきはやと）。

二十五歳。百八十センチ。五十五キロ。職業は一応、探偵。

僕の住む事務所兼住居は、父が使っていたものだ。

父の望月虎次郎（こじろう）は、有名な探偵だった。この豪華な事務所も、父の成功報酬で建てられたものだ。ここで父は数々の事件を解決し、この先もずっと解決し続けるはずだった。

しかし父は五年前、あえなく他界。当時フリーターの僕が、後を継ぐことになった。

だけど、僕には才能がない。せいぜい四、五回に一回くらいしか、満足のいく解決ができていないのだ。

そして、この事務所にも閑古鳥が鳴き始めた。二十年ものの調度品も、なかなか買い替えられずにいる。

そこに突然現れたのがうさぎだ。

とある事件で出会ったうさぎは、なぜか僕のことが気に入ったらしく、異常なテンションで僕にまとわりついてくる。それが、ここ最近の日常だ。

どうかしてる、人の家に侵入して朝食を作るって。

「頼むからやめてくれって！　僕はうさぎのこと、好きじゃないんだ」

何度こう言っても聞かない。その理由はすぐわかる。

「そんなこと言って、迅人さんも素直じゃないですね。あれ、そういうことですよね？」

「どういうことだよ」

うさぎの振り向いた方に目をやる。そこには、ＤＩＹグッズが入った工具箱があった。

父の建てたこの家は、維持費だけでも高額な出費だ。

だから、自分で直せるところは直そうと用意してある。

「迅人さん、なぜ工具箱を用意しているのですか？　しかも玄関先なんかに」

この間、工具を使って靴箱の修理をした。ただそれだけのことだ。

でもうさぎには、そんなあたりまえの理屈さえ通用しない。

「迅人さん、ドアをすぐ直せるように、工具箱を置いたのですね。ということは、うさぎがドアを壊すことを想定していたってことですよね。うさぎだったら、何をしても許してくれるのですね。つまり――」

来る、来るぞ、あの決めぜりふが。


「迅人さん、うさぎのこと好きなのですね」


こんな感じで、うさぎは何でも自分に都合よく解釈してしまう。

何を言っても、うさぎのポジティブが勝って、僕は負ける。

「もち、うさぎも迅人さんのこと、好きです！」

うさぎは僕の腕にからまると、顔を沈めた。

「あれを使って、うさぎと迅人さんはこのままくっつき続けましょうか？」

そう言うとうさぎは、工具箱の瞬間接着剤を指差す。

「二度と……もう二度と、離れられないように」

「何を言ってるんだ！　絶対にやめろよ！」

「残念です……。でも迅人さんの急な心変わりのために、いつでも持っておきますね」

うさぎは腕の力を強めると、僕の顔を見てほほえんだ。心変わりしてたまるか！

決してかわいくないわけではない。それどころか、半端じゃない美少女だ。

でも、朝比奈うさぎの、この『兎』突猛進イズム。

それが、僕は怖くて仕方ない。

1話　夜に訪れるもの

1

うさぎは脅威だが、乱暴には扱えない。

追い出せずにいたら、うさぎは洗い物を始めた。すっかり恋人気取りだ。

リビングで、なすすべもなく洗い物の音を聞く。

ん？　鼻歌が聞こえてくるぞ？　ご機嫌だな。そこに――

「ちっす、迅人いる？」

当たり前のように、お姉ちゃんが入ってきた。お姉ちゃんのショートカットは、いつもせわしなく揺れているイメージだ。お姉ちゃんは僕を一瞥（いちべつ）するなり、

「ちょっと、朝っぱらから何をぼーっとしてるのよ」

朝っぱらならいいじゃないか。僕がうさぎの悪行を伝えるより前に、

「あ、弥生（やよい）さん。一緒にどうですか？」

うさぎがやってきた。ウサギ形のリンゴが乗った皿を持っている。

「おっ、うさちゃん来てたんだ。いいの？　それじゃあいただきまーす」

お姉ちゃんはリンゴを手に取ると、ぱくっと口にした。

「おいしーい」

「よかったです。今日は、迅人さんに会いに来ました」

今日『も』だろ。不法侵入という、野蛮なプロセスを飛ばして説明するな。

あわてて僕が補足する。

「お姉ちゃん、うさぎはドアを壊して入ってきて、勝手に食事まで作り出したんだ。警察官としては無視できないだろ？」

僕の姉、望月弥生は警察官である。父の持っていた類い希なる頭脳は、お姉ちゃんには受け継がれたらしい。仕事の成績は上々だそうだ。

細身で、女性にしては長身。ショートカットの黒髪。そして、猫のような切れ長の目。

人によっては『かっこいい』らしい。僕からしたら、ただの口うるさい姉だが……。

そんなお姉ちゃんなら、うさぎの暴挙に一言あってもいいはずだけど――

「それぐらいでごちゃごちゃ言うんじゃないわよ。うさちゃん、迅人を頼むわね」

ガッツポーズでウィンクするお姉ちゃん。

うさぎもまったく同じポーズで、さわやかに返した。

「もちです！　うさぎ、迅人さんが悲しいときには手を差し伸べますっ」

「うさちゃんがこんなはっきりしてるのに、迅人は何なのよ」

お姉ちゃんは完全にうさぎ側だ。うさぎは、お姉ちゃんに堂々と宣言する。

「うさぎは地の果てまでも追いかけます。うさぎは迅人さんが好きで、迅人さんもうさぎのことが好きなのです」

本当にそうなら、追いかける必要ないだろ！

「迅人、しっかり気持ちに応(こた)えなさいよ」

お姉ちゃんに、バンッと背中を叩(たた)かれた。

この刑事は力の加減が苦手らしく、いつも痛いんだよ。

2

「それでお姉ちゃん、何か用？」

「あっ、そうだった」

お姉ちゃんはバッグから、何かの券を二枚取り出した。

「これ、直廊山(ちょくろうやま)のペンションの宿泊券。くじで当たったのよ。迅人どうかなって思って」

直廊山。静岡県松崎町にある、ハイキングで有名なスポットだ。

「あれ、でも彼氏はどうしたの？」

お姉ちゃんには、三ヶ月前に彼氏ができたはずだった。飲み屋で意気投合した、実家が農家のパンクロッカーが。

「私に彼氏など最初からいない。未来永劫(えいごう)いない」

お姉ちゃんは自分に言い聞かせるように言った。

また別れたのか……。あいかわらず恋模様だけは荒波だ。

「だから迅人でいいかなって。山深い里ってことでよさそうな場所だし、ちょうど休み取れそうなの。たまには姉と弟ふたり旅行というのもいいじゃない……って……」

うさぎが、お姉ちゃんと目を合わせる。

「弥生さん、うさぎもそれ行きたいです」

うさぎがお姉ちゃんの顔を見上げる。気持ち、目を潤ませている気がする。

お姉ちゃんが百六十五センチあるのに対し、うさぎは百五十センチないくらいだ。

相手が同性でも、うさぎの上目遣いは抜群の破壊力だろう。案の定お姉ちゃんは、

「行こうよ、うさちゃんも。迅人、文句ないわよね」

「文句あるよ！　チケットは二枚しかないんだろ？」

するとうさぎは、お姉ちゃんに深く頭を下げ、

「弥生さん、それ五割増しで買い取らせてください。うさぎは迅人さんと旅行に行きたいのです。もち、プラスでお姉さんの旅行代も払います。だから一緒に」

僕は不思議に思って言った。

「……それなら、うさぎが自腹で旅費出して、参加すればいいのでは？」

すると、うさぎは目を大きく見開いて、ぴょんぴょん跳んだ。

「えっ、自腹なら一緒に行ってもいいのですね！　やったー！」

「そ、そんなことは言ってない！」

お姉ちゃんもホッとした表情で、

「やったね、うさちゃん。何よ迅人も、結局一緒に行きたいんじゃない」

断固異議あり！

3

それから数日後。

僕らは電車とバスを乗り継いで、直廊山へ向かった。

南へ向かうにつれて、徐々に外の風景が自然に満ちてきて、僕らも旅の気分になってくる。

直廊山のふもとに着いてからは、歩いてペンションへ向かった。

「うーん、気持ちいい」

お姉ちゃんが深呼吸する。僕は僕で、新緑の鮮やかさをいっぱいに受け止める。

うさぎも東京とはちがう景色に軽やかな足取りだ。

……ということで、結局うさぎも一緒に付いてきている。

そうこうしているうちに、白いフェンスに囲まれたログハウスが目の前に現れた。

白を基調とした三角屋根のログハウスだ。二階にはルーフバルコニーがあり、少し離れたところには、直角に曲がる通路でつながった離れが見える。

期待以上におしゃれなペンションを目にして、旅気分がますます高まった。

「すいませーん」

そう言いながら中に入ると、奥から「はーい」と、四十代くらいの女性が出てきた。

「あの、予約していた望月と」

「追加でお願いしました、彼女の朝比奈うさぎです」

間髪入れずに、うさぎが前に出てきた。ベタな自己紹介に、何ら恥ずかしげもない。この図太さ、少しは見習いたい。

「望月様と朝比奈様ですね。お待ちしておりました」

女性は夏川さんといい、小柄でてきぱき動くので、すごく若々しい。


ペンションに入ると、玄関をあがってすぐにリビングが広がっていた。奥の壁には大きな窓が三つあり、優しい陽射(ひざ)しが差し込んでいる。

中心には十人掛けのテーブルと椅子があり、また左側の壁ぎわに、三人掛けの革張りのソファが二つ並んで置かれている。

左側の壁の手前には通路が伸びていた。夏川さんはその先のドアに手を向けながら、

「ドアの向こうは階段と客室があります。二階には客室とバルコニーがありまして、バルコニーは常時開放しております。いつでもご利用ください。そしてあちらは……」

夏川さんは反対側を向いた。

こちらは、さっき外から見えたように直角に曲がる渡り廊下が伸びている。渡り廊下に入ってすぐ左には、建物の裏に出るドアがあった。

「渡り廊下の勝手口はほとんど使わないので、鍵をかけています。廊下の奥には離れがありまして、客室が二つありますので、お客様方はそちらをお使いください。ご案内します」

夏川さんが僕らを先導する。

渡り廊下は七〜八メートルほどの長さだ。足を踏み入れると同時に、うさぎが言った。

「この一歩は、うさぎと迅人さんの関係に新たに刻まれた、とても大きな一歩なのです」

「そんな仰々しい言い方しなくても……」

うさぎはひるむ僕にかまわず、

「この一歩は、いつか振り返ったときに、大きな一歩となっているのです。今はまだ、先の見えない曲がり角でも」

そう言って、角を曲がると同時に僕の腕に手をからませた。

「あのなー、別にカップルで旅行に来たわけじゃない……」

うさぎは僕の言葉をさえぎり、

「本当に大切な一歩……」

「ちょっと待った！　どこが一歩だ！」

さっきからがっつり歩いているじゃないか。一歩と呼ぶには長すぎる。

一歩どころか何歩も歩いて、離れにたどり着いた。

ドアを開けると、短い廊下の左右に客室のドアがある。

「こちらの二部屋となります」

夏川さんは両方の部屋の戸を開けた。

どちらの部屋も木のかおりのするおしゃれな部屋になっていて、過ごしやすそうだ。

「迅人さんとうさぎで一部屋を使って、弥生さんには一人でゆっくりしてもらいましょう」

うさぎの安直な提案。

「それでいこう」

お姉ちゃんの、さらに安直な受け入れ態勢。

「それはさすがにまずい。男は僕だけだし、一部屋使わせてもらうよ」

「何よ意気地なしね」とお姉ちゃんはぶーたれた。

がんばって押し通し、結局僕がひとりで一部屋を使うことになった。

もう一部屋は警察官とストーカー。鉄格子越しの関係でもおかしくないペアが、一緒の部屋を使うのもおもしろい。


荷物を置き、三人でリビングに戻ったタイミングで、

「こんにちはー」

入り口から女性が入ってきた。小柄で、丸っこいシルエットの子だ。

「予約していた井上(いのうえ)ですけどー」

「井上様ですね。お待ちしておりました」

「今日はよろしくお願いしまーす」

その後、僕らともあいさつをした。井上さんは大学四年生で、ひとり旅が趣味らしい。

井上さんの言葉と同時に、腕にものすごい力が。

「わー。望月さん、背が高くてスタイルいいですね」

見ると、うさぎが僕の腕をつかんでいた。別にほめてもらっただけで、何でもないのに。

「すいません」

井上さんに続いて、ガムを噛(か)みながら現れたのは、五十歳くらいの大柄な男性だった。

浅黒い肌に無精ひげ、年季の入ったリュック。ベテランの旅人だろう。

身につけているベストには、たくさんポケットが付いている。

男性はジーンズのポケットからガムのケースを取り出し、包み紙を手にした。

そして噛んでいたガムを紙に包むと、またケースと一緒にジーンズのポケットに戻した。

「予約していた春日(かすが)です」

「はい、お待ちしていました。荷物、お持ちしますね」

夏川さんは細い腕で、春日さんのリュックを軽々と持ち上げた。

春日さんは窓の外を見て言った。

「二十年ぶりくらいにこの辺りに来たけど、全然変わっていないな」

見るからに旅が好きそうな外見だ。

「ところで、いらない古新聞とかあるか？　これの調子が悪いからメンテしたくて」

春日さんは片足を上げて、登山靴を指さしながら尋ねた。

「夜に部屋でやりたいから、下に新聞紙を敷きたいんだ。もちろん、大きな土汚れとかは払ってから部屋に持ち込むよ」

「それなら、入り口でやっていただいてもかまいませんが……」

「いや、夜にひとり部屋でやるのが好きでさ」

夜に誰にも邪魔されず、趣味に没頭する男のロマンのようなものか。

「わかりました、ご用意いたします。外履き用のサンダルもお貸ししておりますので、必要でしたらお声がけください。もしお手入れ後の登山靴を乾かすのでしたら、春日さんのお部屋は二階ですから、ルーフバルコニーに置いていただいても大丈夫ですよ」

「ああ。荷物を置いたらそこらへんをぶらぶらしてくるから、新聞紙はその後もらうよ」

そして最後に「どうもー」と入ってきたのは、四十歳くらいの男性だ。痩身で丸めがねをかけている。

「私は八坂といいまして」

「はい、八坂様ですね」

八坂さんは植物学者で、この辺りの植物の生態系を調査しに来たらしい。

「今日はこちらで全員ですね。皆様、夕飯は七時になりますので、それまでにリビングにお集まりください」

夏川さんはもう一度頭を下げた。

4

一緒に泊まるメンバーにあいさつもできたので、僕らは外を散歩してみることにした。

うさぎはあまり遠出することがないらしく、何を見ても楽しいようだ。

「弥生さん、遠くに海が見えますよ」

「迅人さん、鳥の鳴き声が聞こえますね。すごく癒やされます」

「弥生さん、この花きれいですね、押し花にしてみませんか？」

「迅人さん、粗大ごみがたくさん落ちてますね。不法投棄でしょうか？」

基本的にうさぎが先導し、僕ら姉弟が見守るスタイルになっている——なぜだ！

あと、別に粗大ごみにはワクワクしなくていい。

「わあ、見て見て迅人さん！　タヌキです」

うさぎが道の脇を指さした。

「あ、本当だ」

僕はタヌキが好きなのだ。のんびりした風貌に、ころころした感じがかわいらしい。

うさぎは、僕のほころんだ口元に気付いたのか、

「迅人さん、うさぎとタヌキ、どちらが好きなのですか……？」

突然、まじめな顔つきで質問してきた。

「何だよそれは。比べるものじゃないよ」

「それは浮気男の常套句です……」

うさぎは悲しそうな顔になった。待て待て、どうしてこうなった！

潤んだ目は僕をドキドキさせるが、今はそういう場合じゃない。僕はあわてて、

「浮気も何もないじゃないか。タヌキとうさぎじゃ、好きのタイプがちがうよ」

「どうちがうのですか？」

「僕が好きになるのは、人間に決まってるだろ」

「ということはタヌキがライクで、うさぎが……？」

「……ラ、ラブ？」

げっ、自然に言わされてる！　この流れはもしや！

うさぎはすぐに泣き止むと、ぴょんぴょん跳ねて、

「わーい、迅人さんに告白されたー」

「ちがうちがう！　好きな人には、しっかり言葉で伝えるよ！」

上機嫌で前を歩くうさぎ。僕はこっそり、お姉ちゃんに注意を促した。

「お姉ちゃん、うさぎは僕のストーカーなんだぞ。いつ何をしでかすか、わからないんだからな」

お姉ちゃんは、実の弟に軽蔑のまなざしで、

「うさちゃんはそんなことしないわ」

「……って思い込みが悲劇を招くケース、お姉ちゃんは見てきてないのか？」

「でも、うさちゃんは大丈夫なのよ」

なぜそこまで、うさぎを信用するのか。

「この間だってな、僕のスマホのロック、勝手に解除されて、写真フォルダをうさぎの画像だらけにされていたんだぞ。消すの大変だったんだからな」

「いいじゃない、かわいくて」

「迅人さん……。うさぎと迅人さんのスマホは、共通のクラウドストレージと連動させています。それを解除しないと、画像は次々と保存されていきますよ」

うさぎが突然会話に割り込んできた。いつのまに僕の背後に！

スマホを取り出して、写真フォルダを確認する。

「…………！」

そこにはタヌキと一緒に写真におさまるうさぎ、花のにおいを嗅ぐうさぎなど、リアルタイムなうさぎの自撮り画像が保存されていた。

「何てことを！　すぐに解除する」

「でもまた、すぐに設定し直しますから」

うさぎはウィンクした。僕は絶望に囚われながら、

「お姉ちゃん、これ何かの罪に問えないの？」

「迅人がうさちゃんの想いに応えない罪の方がでかいから、プラマイゼロよ」

「ですよねっ」

お姉ちゃんとうさぎは、顔を見合わせて笑った。僕の味方はいないのか。


しばらく歩いていると、草むらで八坂さんがしゃがんでいる。

「あ、どうも」

八坂さんは、植物を調べているようだ。うさぎも、そばにある花に目を向けた。

「これ、すごく強いにおいですね」

黄色とだいだい色が混ざった花は、強烈な青臭さをはなっている。

「それはマリーゴールドです。においは虫除けなんかにもなります。日本に野生種はほとんどないので、誰かが種を蒔いたのかもしれませんね。ところでおふたりは……恋人同士でいらっしゃいますか？」

八坂さんが、指すように僕とうさぎに手を向けた。

「はい」

うさぎが即答する。秒速で嘘をつくなよ……。

「なるほど。マリーゴールドの花言葉は『濃厚な愛情』なんですよ」

「えっ、そうなのですか？　迅人さん、摘んで帰りましょう」

「いいって、僕は」

手を左右に振るが、うさぎは一本だけ摘み取る。

そして、「濃厚な……」と言いながら僕にそれを近付け、

「──愛情」

「やめてくれ！　濃厚すぎるぞ！」

「受け止めてくださいよー」

うさぎは、また別の植物に目を近付けた。

「こっちは、よく観葉植物で見かけますね」

いくつも星形の小さい葉が付いた、つる性の姿。僕も見かけたことがある。

八坂さんが、それについても教えてくれた。

「それはアイビーですね。ヘデラと言ったりもします。花言葉は『死んでも離さない』や『永遠の愛』などです」

突然うさぎが、ものすごい勢いで摘み始めた。

「今度こそもらいます。根こそぎ持って帰ります！」

「まあまあ、あまり摘むのもかわいそうですよ」

八坂さんの言葉に、うさぎはシュンとした。でも今の一瞬で手に取った分を見ながら、

「わかりました、これだけにします。押し花にもしますし、あと、迅人さんの食事にも混ぜ込みますね。迅人さん、花言葉に支配されてください。うさぎは迅人さんの感情をコントロールすることに興味がわいてきました。永遠の愛を、体内からも叶えましょう」

うさぎは身を震わせた。感情をコントロールとか、怖いこと言わないでくれ。

すると八坂さんが冷静に、

「あ、アイビーには毒性があるので、それはやめた方がいいですよ。腹痛を引き起こしたり、症状が重いと昏睡も招きます」

あぶない、あぶない。一服盛られたらさすがにかなわない。

しかし、である。うさぎは目を閉じて考え込むと、

「いや、でもしょうがないです。投入します。花言葉は――『死んでも離さない』」

「復唱するな！　絶対やめろよな！」

5

時刻は午後七時。

夕食の時間になったので、リビングへと集まった。

さっきは気付かなかったが、リビングの奥、ソファの脇の壁には窓のまわりにハンギングシェルフがかかっている。

ロープで吊(つる)された板が並んでいて、そこには植物や人形が置いてあった。ログハウスにぴったりな、あたたかみのあるインテリアだ。

「こういうの、ハンギングシェリュフっていうんですよね」

うさぎは得意げに言ったが、ちょっと噛んじゃったようだ。

大きなテーブルには、所狭しとおいしそうな料理が並んでいた。メインはローストビーフで、夏川さんがそれを切り分けてくれる。

ぐーと、お腹(なか)が鳴った。それを聞いたうさぎは、

「迅人さんは毎日十三時前後に昼食を約八百キロカロリー取っています。意識はしていないでしょうが、自然とちょうどいい分食べているのですね。それが今日は移動の関係であまり食べられなかったので、お腹が鳴ったのではないでしょうか」

「どこまで僕のこと知ってるんだよ」

「わらびもちが好きで、事務所近くのコンビニ、ピヨピヨマートで毎日買っていることも知っています。いつもひとりで買いに行くため、そこのスタッフからはこっそり、『わらびもち、彼女もたず』といわれているようです」

「おい、そのスタッフのディスりの件は初耳だぞ」

まったく、どうやって調べたんだ。

こうして食事が始まった。

どれも絶品でおいしい。でも最近、もっとおいしいものを食べたような。

…………。

あっ、うさぎが作った朝食か。

この思いは、表に出せない。うさぎが調子に乗るかもしれないからな。

おいしい料理に会話が弾み、僕らは色々な話をした。

井上さんは、卒論もひとり旅を題材にするらしい。将来はひとり旅のエッセイを出版したいようだ。今書いているブログも、なかなかのアクセス数らしい。

春日さんは、数十年にわたる旅の様々なエピソード。過酷な崖登りの末に見た雄大な景色や、旅先で出会った女性との、数々の激しい恋。

八坂さんは植物雑学。日本全土の植物の分布と、植物と人々の生活との関係。

そしてうさぎの、『望月迅人概論』。おはようからおやすみまで、僕の暮らしをみつめるうさぎ。それはライオンの提供でお送りしていたやつじゃないのか?

そんな楽しい時間だが、途中で僕は気付いた。

——春日さんが、やけににやにやしているのだ。得意げというか勝ち誇ったというか、いやらしい笑い方だ。

「俺は海外旅行にも何度も行っているぞ。安い金で女を買ったり、合法ドラッグを吸ったりな……。国内でも人気のあるペンションなら、ナンパとかし放題だぜ。ここはいまいち儲かっていないようだが」

だんだんと話す内容が過激になっている。しかしその言い方はどうだろう。みんながうらやむとでも思っているのかもしれないが、やりすぎだ。宿泊客はもちろん、夏川さんまで冷たい視線を向けている。だけど酔っているのか、春日さんはまったく気付いていない。

話題を変えたかったのか、井上さんがそんな春日さんに話しかける。

「そのベスト、ポケットがいっぱいですね」

「ああ、俺はほとんど使わないけどな」

「え、何でですか？」

「どのポケットに何を入れたかわからなくなるんだ。なくしたと勘違いしてガムを買うと、後で絶対、どこかのポケットから出てくるんだよ」

たぶん鉄板の小話のつもりなのだろう。慣れた感じで冗談交じりに言っている。

食後にはデザートが並んだ。アイスにケーキにシュークリーム、何とわらびもちもある。

「やった、アイス大好き！」

井上さんはアイスに飛びつく。僕はもちろん、わらびもちだ。

「……うまい」

手作りのわらびもちのおいしさに感動し、バクバク食べた。

食後はソファに座り、他の宿泊客と話し続けた。

「うう……」

すると、井上さんが縮こまるようにして、自分の腕をさすっている。

「アイス食べすぎて、体冷えちゃった」

食卓の片付けをしていた夏川さんは、それを聞くと、

「ひざ掛けをお持ちしましょう。えっと、あそこでしたかね」

そう言って、リビングのクローゼットの上に目をやった。

リビング右奥の壁は、戸が付いたクローゼットとなっている。

パッと見た感じではまったくわからないが、その上も開き戸になっていて、収納スペースのようだ。

高い場所なので、夏川さんが開けるには大変かもしれない。

「迅人、代わりに取ってあげれば？」

お姉ちゃんに言われて、「そうだね」と僕は立ち上がった。

「ありがとうございます。ひざ掛けが入っていると思います」

僕は部屋のすみにあった踏み台を開き戸の下に置いて、そこに乗った。

僕は開き戸の下に手をかけ、ゆっくり戸を開いた……つもりだったが。

開き戸はちょっと力を入れただけで、勢いよく百八十度開いた。

「うわっ、うわっ」

あまりにも軽い力で開いたから、僕はおどろいて体勢を崩した。

「あぶないですっ」

とっさにうさぎが飛んできて、後ろから僕に抱きついて支えた。

そして一瞬、沈黙が訪れた。するとうさぎが、

「迅人さん。うさぎと迅人さんは恋人同士ですね」

あったかい……背中にやわらかい感触が……。けど、公衆の面前で何をやっている！

「今度ピヨピヨマートに、『わらびもちは彼女持ち』って怪文書ばらまいておきます」

「絶対にやめてくれ！　知らない間に付けられたあだ名で、すでに傷ついてるんだ。そんなのばらまいたら、余計陰口たたかれるぞ」

「彼女とは無論――うさぎのことです」

「それはわかってるよ」

「えっ、彼女ってことでいいのですか？」

「そういう意味じゃないって！」

うさぎの話を止めて中をのぞくと、畳んだ布があった。取り出してみると、ひざ掛けだ。

「これですね」

僕は井上さんに渡し、踏み台をまた元通り、部屋の隅へと戻した。

「ありがとうございます」と井上さん。

「助かりました」と夏川さん。

「みなさんに、ふたりの関係を示すことができました。ありがとうございます」とうさぎ。

何のお礼だよ。でもうさぎの発言に、笑い声が起きた。

「兄ちゃん、かわいい彼女泣かすなよー」

春日さんが下品な野次を飛ばした。


その後も僕は、リビング窓側にあるソファに座っていた。

ふと気付くとうさぎがいない。いったん部屋に戻ったのだろうか。

「うさちゃんなら、スマホ充電しに部屋に戻ったわ」

お姉ちゃんが教えてくれた。さっき、ガンガンに写真をクラウドに送り込んだから、バッテリー切れしたのかもしれない。

「それで迅人はどう思っているのよ、うさちゃんのこと」

お姉ちゃんはソファにやってくると、僕に詰め寄ってきた。お酒が入って、絡んでくる感じになっている。

夏川さんは洗い物をしているし、井上さんと八坂さんは植物談義に花を咲かせているし（植物談義だけに）、春日さんはいつの間にかいないし、こんなところまで来て姉弟対決か……。

「だから何回言わせるんだよ、何とも思ってないって」

「そんなことだからいつまでも『彼女もたず』なのよ。いい子じゃゃん、うさちゃん」

「どこがだよ」

「助けてくれる相手がいるなら、ありがたいことじゃない。あんた、このまま探偵やっていけるの？　事務所の維持費、私が出してるのよ？」

「うっ……」

そうなのだ。ポンコツ探偵と将来有望な警察官では収入に大きな開きがあり、実質僕はお姉ちゃんのすねをかじっているのだ。

「うさちゃんぐらいアクティブな方が、あんたの助手にぴったりよ」

「そんなことないよ。まあ、たしかに作ってくれる料理はすごくおいしいけど」

「だったらいいじゃない。何回言わせれば……」

「わかったよ！」

……しまった。つい声が大きくなってしまった。お姉ちゃんは少しおどろいたようだが、

「ともかく、先のことはちゃんと考えなさいよ」

と、それほど意に介していないようだった。

そのとき、僕のお尻の下が動いた気がした。

「ん、何だ？」

立ち上がって、座っていた所をさわると、何だかもそもそ動いている。

「これは、もしや……」

しゃがんで、ソファの下の隙間をのぞき込む。

「やっぱりいた！」

うさぎが、隠れて話を聞いていたのだ。

このストーカーは神出鬼没。いつの間に戻ってきたのか。

「……ばれましたね」

うさぎはひょっこり出てくると、

「迅人さん、うさぎは負けないのです。どんな困難にも負けませんっ」

あいかわらず強靭(きょうじん)な意志だ。

「だからってそんなところに隠れなくても。服とか汚れていないのか？」

うさぎは着ていたカーディガンやスカートをパンパンはたきながら、

「全然ほこりは付いていません。掃除が行き届いていて感動です。でもそれ以上に、迅人さんの気遣いに……うさぎは感動なのです」

またむりやり話をそういう方向に持っていく……と言おうとしたとき、僕は気付いた。

「あれ、カーディガンの袖(そで)ほつれてないか？」

「あっ、本当ですね。いつの間に……」

うさぎは、もぐり込んでいたソファの下をのぞき込んだ。

「ワイヤーが突き出ていますね。引っかけちゃったみたいです」

僕もしゃがんでみた。ソファの革を突き破って、ワイヤーが出ているのが見える。金属製で硬そうだし、けっこう危ない。

「もう、変なことするからだぞ」

「迅人さん、繕ってくれませんか？」

「えー、なぜそんなことを！　やったことないし」

うさぎはやれやれといった面持ちで、うさぎは迅人さんのために、いつでも裁縫道具を持っているので、そのうちお願いしますね」

「いつも素直じゃないですね。そのうちお願いしますね」

と言うと、にこりと笑った。

「うさぎの方は、迅人さんもお気に入りの料理をいつでもご用意しますよ」

うっ……。やはり僕とお姉ちゃんの話は、筒抜けだったようだ。僕は気恥ずかしくなって、

「うん、そうだな」

そっけなく返事をして、部屋に戻ることにした。

うさぎは、くちびるに指をちょこんと当てて、不思議そうにしていた。

6

静かな夜。眠れなくて、僕はベッドから起き上がった。

──そういや、本館にはバルコニーがあるんだっけ。

ひとりで夜空でも眺めたくて、部屋を出た。

渡り廊下を抜けて本館に入り、リビングを通りぬけて階段へ向かう。リビングの方に目

をやるが、もちろん誰もいない。夜だから当たり前だけど。

階段をのぼり、真っ暗な中、手すりに触れた。

──ガタガタッ。

ネジが緩くなっていたのか、少しぐらぐらした。

そしてバルコニーに着く。ひんやりとした空気が、森のにおいを連れてきた。

見上げれば満天の星。こんなの、国立市では見られない。

柵(さく)にひじをかけると、「ふー」と自然にため息が出て、宙を見た。

傷ついているのは、お姉ちゃんの言葉が図星だからだろう。

ただのフリーターだった僕が、親の七光りで探偵に。最初は父のようになれると思っていたけど、現実はそう甘くはない。見よう見まねで探偵事務所を経営しているけど、結局はお姉ちゃんがいなくちゃ何もできないのだ。父は死んでいるし、母親とは僕が小さい頃に離婚している。だから母親は、今何をしているかわからない。お姉ちゃんも知らないはずだ。

これから、どうする。僕に探偵は務まるのか。

たまに夜に訪れるこの悩みに、今の僕はなす術(すべ)もないままだ。

十五分くらい星を見て、部屋に戻ることにした。

ベッドに入ったら、今度はすぐに眠れた。

まっ、今ぐらい悩みを忘れてもいいのかな。旅の間ぐらい、現実から離れよう。

7

「キャー！」

大きな叫び声で、僕は眠りから覚めた。目を開けると、

「ぬおぉー！」

僕も叫んだ。なぜなら視界いっぱいに、うさぎのかわいい顔。

「迅人さん、どうしたのですか？　びっくりしました！」

「こっちのセリフだ！　何してるんだよ」

「迅人さん、それより今の声は。行ってみましょう」

スマホで時間を見ると、午前七時だ。

「至近距離で待機していたことについては、後で説明しろよ」

何でうさぎの方が冷静なんだ。部屋を出ると、ちょうどお姉ちゃんも出てきた。

「今の声聞こえた？　リビングの方よ」

三人で、渡り廊下へ続くドアを開いた。

ガチャ、という音が届いていたようだ。渡り廊下の角を曲がりリビングが視界に入ると、井上さん、八坂さん、夏川さんがこっちを向いていた。

井上さんは床にへたりこんでいる。それを八坂さんが支え、夏川さんもあたふたしている。

三人は、青ざめた表情でリビングの奥の方を見ていた。

僕らは近づき、リビング奥へと目をやった。そこには——

春日さんが、あお向けに倒れて死んでいた。

リビング左壁沿いにある二台のソファのうち、玄関に近い方にあるソファの前に春日さんは倒れていた。首には、ロープが巻き付いている。

「きゃ——っ！」

うさぎがぴょん、って表現では説明し得ない、豪快な跳躍で僕に抱きついてきた。

「うわ——っ！」

突然のことに、僕もワンテンポ遅れて叫び声を上げてしまう。その拍子に、何かプチッと音がした気がする。何だったのだろう。

ふたりで叫ぶっていうくだり、寝起きと同時にやったばかりじゃないか。

——それにしても、またこうなってしまったか。

僕は床に横たわった春日さんを見て、己の運命を呪う。

僕のもたれ体質は、やはり健在だったようだ。

このおかしな体質のせいで、僕は出先でよく事件に遭う。

現場はまるで、泥棒が入ったような荒れ方だ。

家具の配置が変わっていたりとかはないが、壁のハンギングシェルフが落ちていて、床には鉢の土がこぼれている。春日さんの首に巻き付いているのは、そのハンギングシェルフのロープのようだ。

また観音開きのクローゼットの戸が開いていて、その中にある小物入れの引き出しまで開いている。昨夜、僕が開いたその上の開き戸も開いたままだ。

さらに階段に出るドア脇のタンス、クローゼットの引き出しも開いている。手当たり次第、リビングをあさったのだろう。

そして、渡り廊下にある勝手口のドアが開いたままだ。外部からの侵入者がいたとしか思えない。

ここから何者かが入ってきて春日さんを殺害し、室内を物色して逃げていったのか。

こういうとき、さすがにお姉ちゃんは強い。警察手帳を皆に見せて、

「全員落ち着いて。私は警察官よ。井上さんの叫び声が最初にきこえたけど、最初に発見したのも？」

井上さんが手を挙げて、

「はい、私です。目が覚めたので、リビングに来たんです。そうしたら春日さんが……」

もう一度、春日さんの死体を見た。苦しそうな形相だ。

「まずは一一〇番ね。詳しい話はそれからだわ」

警察が来るまでの間、僕らは緊張した時間を過ごした。

僕、そして僕にくっついたうさぎは、階段のあたりをぶらぶらしていたが、そのとき気付いた。あれ、これ……？

二階へ上がる階段の、手すりが壊れている。壁と接合されている金属部から、手すりがはずれている。昨日は壊れていなかったような。

もしやこれも、犯人のしわざでは。犯人の……。犯人の……？

………！

いや、ちがう。これ壊したの、たぶん僕だ。

夜中にバルコニーへ向かったとき、手すりがぐらついた気がする。

どうするか、これは白状した方がいいのだろうか。

——いや、やめておこう。

あのとき、リビングには誰もいなかったし、バルコニーで物思いにふけっていたとか言うの恥ずかしいし……。

二階に上がったのが何時頃だったか覚えていないから、死亡推定時刻を狭めることもできそうにない。これは事件とは無関係のはずだ。

この器物損壊は闇(やみ)に葬(ほうむ)ろう……って意識すると、逆に顔が強張(こわば)ってしまう。

それに、僕の微妙な表情のちがいを簡単に見抜く、厄介な相手がいるじゃないか。

「どうしたのですか迅人さん、そんな暗い顔して？　わずかに汗ばんでますし、鼓動もやや早くなっていますよ。何かありましたか？」

このわずかな時間で、視覚、嗅覚（きゅうかく）、聴覚、触覚をフル活用してきた。

「いやいや、何でもないよ」

とりあえずこう言っておくのがベストだ。するとうさぎは、

「うさぎをビックリな目にあわせてしまったことを悔いているのですか？　それなら心配ありません。うさぎは迅人さんと一緒なら大丈夫なのです」

手すりを壊したことにビビっていたら、うさぎのことが心配で顔色が変わったことになった。

あいかわらずだが、すごい想像力だ……。この美少女のどこから、こんな底知れない妄想がわき出てくるのだろう。あらためて僕は恐怖を感じた。

そのとき、うさぎは「あれっ」と顔を上げて僕を見上げると、

「迅人さん。今、またさらに鼓動が早まりましたね」

それはうさぎの妄想が怖いからだよ！


やがて、パトカーが数台やってきた。

リーダーらしき三十歳くらいの若い刑事が、警察手帳を見せた。

「静岡県警の影山（かげやま）です」

スマートな出で立ち、キリッとした顔付き。いかにも有能な刑事といった感じだ。

「警視庁捜査一課の望月です。非番で旅行に来ていて、事件に遭遇しました」

お姉ちゃんも前に出て、手帳を見せた。影山刑事はお姉ちゃんの名前を聞くと、

「望月刑事……。八王子の少年グループ連続暴行事件を解決した女性刑事の名前って、たしか……」

お姉ちゃんは表情を変えずに、

「それ、私のことね」

「大麻常習者だらけで大惨事だったという、あの事件を解決したのがあなたですか」

「そうよ。でも事件は、大麻の密売人の双子を捕まえるにはいたっていない。だからまだその件は、手柄にされても困るわ」

「そうなのですか。今回は捜査協力よろしくお願いします」

影山刑事は頭を下げた。弟の僕のことを紹介したお姉ちゃんはしばらく反応せずにいたが、

「あ、ああ。よろしくお願いします」

同じく頭を下げた。そして顔を上げると同時に、辺りをきょろきょろし始めた。

——お姉ちゃん。またか。

これ、お姉ちゃんのくせなのだ。お姉ちゃんは、お気に入りの相手のことを気にしすぎて直視できないのだ。

ほら、よく見ると少し顔が赤いぞ。お姉ちゃんの、このそわそわした感じ。

影山刑事のルックスは、お姉ちゃんにとってどストライクなのだ。

そんな影山刑事の指揮で、現場検証が行われた。

「少なくとも死後三〜四時間以上は経っているようです」

鑑識が言った。ということは、真夜中に殺害されたようだ。

「ベストのポケットにはガムのケースのみ、ジーンズのポケットにはスマートフォンと自宅のものと思われる鍵、それとガムが一粒だけ入っていました」

現場があわただしくなる中、うさぎにくっつかれたままなのはしんどい。

「うさぎ、はなれてくれないか」

すると、うさぎはいやいやをするように顔を振った。

「あまり邪魔しないでくれよ」

背中にお荷物を抱えて、僕も現場を調べることにしようとした——そのとき。

「影山刑事。確認したところ、ソファに被害者の唾液が付着しています」

「唾液か。どこにだ？」

「二ヶ所ですね。一つはここです」

鑑識員は、死体脇のソファの座面のふちを指した。

「ここですね。もっとも少量ですので、口論でもした際に飛んだのかもしれません」

「なるほど。もう一ヶ所はどこだ？」

「こちらのソファの座面です」

次に鑑識員は、奥のソファの前へ移動すると、座面を指した。

「こちらの方が多量に付着していますね。それと、死体の脇にこれが落ちていました。もっとも重要な物的証拠かと」

鑑識員は、小さくて丸いものをつまんで、影山刑事に見せた。

「これは、洋服のボタンだな」

影山刑事と鑑識員は、ボタンをしげしげと眺めた。

そして顔を上げると、ひとりひとり僕らの姿を観察し始めた。なるほど、ボタンが取れている人がいないか探しているのか。そう、うまくいくものではないと思うけどね。

そのとき、影山刑事が僕に焦点を合わせて、そのまま固まった。

影山刑事は、僕の着ているシャツの袖を見ている。

僕もその視線を追って、自分のシャツの袖口に目を向けた。すると——

「…………えっ！」

影山刑事は、大きな歩幅で一気に僕に詰め寄ると、

「シャツの袖、ボタンが一つ取れているぞ。どうやら形状からするとこのボタンのようだ。犯行時に取れたことに気付かなかったみたいだな。今回の事件、どうやら簡単に片が付きそうだ」

「ま、まさか！」

と、僕は声を上げたが、これは二つの意味で、だ。

ひとつはもちろん、突然疑われたことに対して。そしてもう一つは――

今回もまた、もたれ体質が発動したことに対してだ。


行く先々で事件に遭遇する。

それは僕のもたれ体質がもたらす、あくまで副次的な症状の一つにすぎない。

影山刑事は僕を指差す。

「お前が犯人だな？　ボタンのこともあるが、そんな気がするぞ」

警察官の発言力は強い。結果、他の人たちの視線も、心なしか冷ややかになっていく。

昨日はあんなに楽しくお話ししたのに……。

ポンコツな僕が探偵をやっていけるのは、事件に遭遇することが人より多いからだ。事件は解決できなくても、探偵として協力したことで多少報酬をもらえる。そういう小銭稼ぎをする機会は、たしかに多い。

でも、同時に僕は、毎回ひどくつらい目にあうのだ。ちょうど今みたいに。

影山刑事が僕に近寄ってくる。

「白状するなら早いほうがいいと思うが。望月刑事の弟とはいえ、特別扱いはしない」

「ぼ、僕はやっていません」

「逃げられると思うな」

「逃げる理由なんてないです……」

無実なのだから堂々としていればいいのに、うまくいかない。

僕のもたれ体質の、一番大きくて迷惑な症状。

それは、疑惑を『もたれやすい』こと。

だから疑惑をもたれやすい場所、つまりは事件現場に出くわすことが多いのだと思う。

最終的に疑いは晴れるのだが、それまで僕は胃を痛くして耐えなくてはいけないのだ。毎回毎回、嫌になってくる！

胃も疑惑ももたれやすいこのおかしな体質、何とかならないだろうか。


でも、なぜボタンが――と思ったが、答えはすぐにわかった。

死んでいる春日さんを見て、うさぎが僕に飛びついてきた。あのときに取れたのだろう。

「ちがいます、そのボタンはついさっき、死体を見たときにうさぎが――」

「すいません。よろしいですか」

そこに夏川さんが、おずおずと手を挙げた。

「先ほど警察の方が来るまで、全員でここにいましたが、ちょっと望月様の様子がおかしかったように思います。何かを隠しているかのような……」

そ、それは……。手すりを壊したことに気付いて青ざめていただけだ。これはちゃんと白状した方がいいだろうか。迷っていたら突然、

「ちがいます！」

夏川さんが話し終わると同時に、うさぎが僕からはなれて、みんなの前に立った。

「迅人さんの様子がおかしかったのは、うさぎを怖い目にあわせてしまったことを後悔していたからです」

それもちがう！　と言いたいけど、うさぎなりに疑いを晴らそうとしてくれているのだから、とりあえず話を聞こうか。

「迅人さんは、春日さんの死体をうさぎに見せてしまい、そのことをひどく悔やんでいました。それはもう、当のうさぎも見てられないくらい、悲壮感あふれる表情でした」

いつ僕がそんな表情をした！　否定したい。否定したいけど我慢。

「迅人さんはうさぎを大事にするあまり、うさぎに対して非常に臆病になっているのです。もちろんうさぎはこんなことでへこたれません。ですが、迅人さんのその優しさがうれしいこともまた事実なのです。迅人さんは、うさぎのことが好きなのですっ！」

「全然ちがう！」

あ、言っちゃった。でたらめとはいえ、一応弁護してくれているのに、思いっきり否定してしまった。案の定、影山刑事は眉をひそめて、

「ふたりして何の話だ？　とにかくお前が有力な容疑者であることは変わらない。下手な弁解は逆効果だ」

そこにお姉ちゃんが、やれやれといった風に、

「弟が人殺しするとは思えないわ」

　と、助け舟を出してくれた。僕もそれに乗り、

「僕はやってないです。ボタンもついさっき取れたものです」

　毎回自信を持って言えばいいのだ。だって、実際僕は犯人ではないのだから。

　だけど、そううまくもいかない。影山刑事は苦笑気味に、

「身内の証言など当てにならない。望月刑事が一番ご存じなのでは?」

「そうだけどね……」

「それにボタンのことも、今朝落ちたという証拠がありませんしね」

　だったらそのボタンが昨夜に落ちた証拠もない、って言っても話は進まない。

　じゃあ、しょうがない。僕だって探偵だ。

　ピンチはチャンスということで、頭の回転がよくなっているかもしれない。

「じゃあ、ぼ、僕が犯人を探し出してみせますよ」

「おっと、大きく出たな」

　影山刑事は口の端を上げた。だが、意地悪な態度に屈するわけにはいかない。

「そもそも勝手口のドアが開いていたわけですし、外部犯が有力じゃないですか。まずは内部犯の可能性を消しましょう。そうすれば、僕も犯人候補から外れますよね?」

「できたら、な」

「わかりました。見ていてください」

「迅人さん。がんばってください……」

うさぎは両手を組んでお祈りしていた。


ということで、もっと事件解決につながるような手がかりはないだろうか。

お姉ちゃんが、みんなに質問する。

「どう攻めていこうかしらね……。勝手口は戸締まりしてましたよね？」

夏川さんが答えた。

「毎日戸締まりはしっかりしてます。どうして入ってこれたのか……。たしかに最近、この山で不審者の目撃情報が増えているのです。ごみの不法投棄や、別荘荒らしなんかもあったそうです」

「合い鍵はその気になれば、いくらでも作製できます。こういう外に面した鍵は、ピッキングが成功するまで何度も試せますし」

「そんな。それじゃあ、戸締まりの意味ないじゃない」

井上さんが体を震わせた。昨日も寒くて震えていたっけ。

——そのとき、僕は現場のおかしな点に気付いた。

これは、ひょっとしたら！

僕ははやる気持ちを抑えきれず、かすかに見えた糸をたぐっていく。

ゴールがはっきりと見えないままに。

「すいません、いいですか。ちょっとおかしなところがあります。あれを見てください」

僕は手を挙げた。そして、昨日ひざ掛けを取り出した、開き戸を指さした。

「開き戸が開いているのはおかしいです。あそこは、一見しただけでは開き戸だとまったくわかりません。なのにこの部屋を荒らした人物は、開き戸もしっかり物色しているのです。暗い中で、どうして開き戸の存在がわかったのでしょう」

僕はたしかめるようにうなずく。この推理の結論が見えてきたぞ。

「まるで見せつけるようにあちこちの戸が開きっぱなしであること、家具はたいして動いていないこと、開き戸もちゃんとチェックしていることから一つの仮説を導き出せそうです——犯人は内部犯だと。内部犯……内部犯だって——？」

全員おどろいていたが、一番ビックリしたのは僕だ。

外部犯であることを証明したい一心で、現場の不可解な点から推理をしてみたら、結局内部犯ということになってしまったではないか。

影山刑事は首をかしげながら、

「捜査のヒントをくれるのはありがたいが、結局容疑が濃厚になってるぞ？」

お姉ちゃんも「バカ！」と、僕に小さく声を投げる。

影山刑事がペンションの周りを調べた結果、あやしい足跡も、壊された出入り口や窓もなかった。やはり犯人は、宿泊客の中にいそうだ。

　ただ、僕は犯人じゃないからな。

　その場で影山刑事は少し考え込むと、

「これで内部犯に限定された。被害者はかなり体格がいいな。そう簡単に殺害できそうもない気が……」

　そう言って、ひとりひとりに目を向けた。

「被害者と取っ組み合って勝てそうな相手は……やはりお前しかいない」

　影山刑事は、僕を指差した。

　これだけで完全に容疑者が限定されるわけじゃないだろうけど、たしかに春日さん以外の男性は八坂さんと僕だけだ。八坂さんは小柄で細身なので、普通にやり合っても春日さんに勝てるとは思えない。

「そうなんですけど……」

　僕の容疑は晴れないままだ。

8

「死亡推定時刻が夜中なので、みなさん寝ていたとは思いますが。何か気付いたこととかありますか？」

　影山刑事は宿泊客を集めると、質問を始めた。

「私は別に……」と井上さんが答えれば、

「私も寝ていました」と八坂さん。

「夜中はさすがに……」と夏川さん。

そしてお姉ちゃんにうさぎ、僕ももちろん容疑者だ。

「寝てるに決まってるわ」とお姉ちゃん。

「僕もです」と、二階にあがったことを黙っている僕。

最後にうさぎが、

「うさぎもお休み中でした。イヤホンをしていたので、外の音は聞こえませんでした」

こんな感じになるのも当然だ。真夜中にアリバイがある方がおかしい。

影山刑事もそこは十分承知のようで、

「まあそうなるか……。漠然とした質問になりますが、春日さんにおかしな点とかは感じたりしませんでしたか？」

井上さんは眉間にしわを寄せると、

「おかしな点というか、変に大きな声で話をしているような気がしました」

井上さんの言う通りだ。春日さんは話を聞かせたくてしょうがないといった様子だった。単に見栄っ張りで、旅の自慢をしたかっただけかもしれないが。

「それ、僕も感じました。うさぎは他に何か感じなかったか？」

うさぎは食事のとき、春日さんの真ん前にいた。何か気付いたことがあるかもしれない。

でも、うさぎは少し考えた後、

「わかりません。夕食時に気付いたことは、迅人さんがいつもとちがうわらびもちを食べたため、口に含んで味を楽しむ時間が、いつもより五秒ほど長かったことくらいです」

……まるで役に立たない。僕は普段、そんなところまでチェックされているのか。

影山刑事は最後に、もう一点質問した。

「被害者の部屋は二階です。階段下の部屋を使っていた三人は、階段を降りる音なんかは聞いてませんか？」

僕ら以外の三人とも、首を振った。夏川さんが補足する。

「階段近くの部屋なので、音が響かないようになっています。よっぽど勢いよく降りない限りは、気付きにくいです」

「なるほど、わかりました」

ひとまず全員、部屋で待機することになった。

「こちらから指示を出します。勝手な行動は取らないようにしてください」

影山刑事の言葉に、みんなうなずいた。


一体、犯人は誰なのか。

部屋に戻った僕はひとり、ベッドに寝転んで考え始めた。

そこに、お姉ちゃんとうさぎが入ってきた。

「迅人、ちゃんと容疑晴らせそうなの？」

何だかのんきなお姉ちゃん。弟が殺人の疑いをかけられているというのに、もうすっかり慣れたものだ。

「迅人さーん。大丈夫ですか？」

目の前に突然、逆さまのうさぎが現れる。

うさぎはベッドのヘッドボードに体を乗せて、僕をのぞきこんでいるのだ。

「うーん、手がかりが見つからない」

「だったら、あんたこのまま捕まっちゃうわよ」

お姉ちゃんがあっけらかんと言う。

「捕まったら、さすがのうさぎも僕に会いに来れないかな」

意地悪っぽく言うと、うさぎはくちびるをとがらせ、

「えー、そんなのダメですダメですー！」

そう言って、いっそうヘッドボードから身を乗り出した。その瞬間――

「うわっ」

うさぎは「キャッ」とバランスを崩し、そのまま僕の頭上に落っこちてきた。

「いててて……」

「大丈夫ですか。迅人さん！」

ふたりして同時に頭をさする。そんな僕らを見てお姉ちゃんは、

「仲いいわねー。うさちゃん、ポケットから何か落ちたわよ？」

シーツの上に、黒くて丸いコイン大のものが落ちている。

「何だこれ？」

僕が拾おうとすると、うさぎは横からサッと手を伸ばしそれを取った。

「これはダメですっ。迅人さんのお守りですから」

「お守り？」

「はい。迅人さんのアリバイを証明するお守り……ＧＰＳ発信器です」

「ま、また……とんでもないものを勝手に……」

うさぎは苦し紛れに、

「でも、おもちゃのＧＰＳ発信器ですっ」

「ＧＰＳ発信器におもちゃも何もあるか！　絶対取り付けるなよ！」

「はーい」

と、返事をしたものの、しばらくの間注意を要するのはまちがいないな。

疑惑の目でうさぎを見つめていた僕だったが。

——何だかうさぎの様子がおかしい。

うさぎは体を預けていたベッドのヘッドボードに目をやった。そしてベッドからぴょんっと飛び降りると、もう一度さっきと同じように、ヘッドボードに身を乗り出した。

「何やってるんだ、うさぎ？」

僕がたずねるが、うさぎは返事をしない。

「おーい、うさぎ」

もう一度声をかけると、うさぎは大きな目をパチパチさせて、

「あっ、は、はい。あの、おふたりとも、ちょっと待っていてもらえますか？」

そう言い残して、部屋を出ていった。

「何かしらね？」

「さあ？　うさぎは何を考えているか、いつもよくわからないからな」

「あんたね……」

またお姉ちゃんにやいやい言われる流れだぞ、と思いきや。

ガチャ、とドアの音。すぐにうさぎは戻ってきた。

「よかったー、手がかりありました」

うさぎは笑っている。

「うさちゃん、事件について何かわかったの？」

「あっ、そっちも大事ですけど、そうじゃないんです」

そっち？　そっちじゃないベクトルがあるのか？

「弥生さん、こんなときですけどいいですか？　迅人さんのことについてです」

うさぎが突如話し始めた。

「……何？」

うさぎはうれしそうに、ぴょんぴょん跳びはねた。

「迅人さんの気持ち、わかります。そういうことだったのですね！　うんうん」

うさぎは宙を見て、うなずいている。僕の気持ちとは、どういうことか。

そして、次にうさぎの口から出てきた言葉は、想像もつかないものだった。

うさぎは僕の方に、ぴょんとひと飛びで近寄ってきた。

「階段の手すりが壊れていました。壊したのは、迅人さんですね？」

「…………！」

え、どうして！　僕が愕然とするより早く、うさぎは僕の胸に飛び込んできた。

「うん、にわかに脈打つ鼓動、かすかに乱れる呼吸、微細に震える手。図星ですね。うさぎには、わかるのです」

怖い、今さらだけど何なんだこの子は。

「なぜそれを？　さっき夏川さんに、様子がおかしかったと言われたときも黙っていたのに」

「えっ？　あれはうさぎを怖い目に合わせてしまったからであって、手すりは関係ないですか？」

……そっか。うさぎの脳内ではそういうことになっているんだった。

うさぎは僕を見上げると、にこっと笑った。

「迅人さんは昨夜バルコニーへ行きましたね。そして、うさぎのことを想っていました」

うさぎは、細い人差し指を、僕の眉間に寄せて言うのだった。

「迅人さん、うさぎのこと好きなのですね」

いつもの決めぜりふ。

他人に自分の心中を断定される経験なんて、あまりない。

9

「昨夜？　事件に関係あるの？」

「僕もわからないよ」

不思議がる姉弟。うさぎはそんな僕らに、

「迅人さんがわからない分、うさぎがわかります。ふたりはもう、離れられないのです」

あいかわらず、ブレインマップの伸ばし方が独特だ。

うさぎはそのマップを縦横無尽に行き来し始めると、僕から離れた。

そして、もじもじとくちびるをすぼめて、つんつんと人差し指同士を合わせ始めた。

「今、はっきりとわかりました。夜中にバルコニーに行ったのは、うさぎに恋い焦がれているからです」

「ど、どうして？」

「迅人さん。うさぎのこと、想ってくれてたのですね？」

さっきからそればっか！　話を聞いてくれない。

「夜空を見上げて、うさぎのこと考えてくれていたのですね？」

「話を進めてくれ！　たしかに行ったけど」

「だから、ふたりは両想いなのですねっ」

お姉ちゃんもあっけなく、

「迅人、ようやく正直になってくれたのね」

と、うさぎ側に付いた。今そんなこと言っている場合か？

「ああ、僕がバルコニーに行ったのは夜中だ。でも何でわかったんだ？」

そう、そこだ。うさぎはなぜ気付いたのだろう――

ハッとした。あわてて、頭からつま先までまさぐる。うさぎはにこりと笑うと、

「もう盗聴器は回収済みですっ」

「やっぱりGPSだけじゃなかったか！　それでわかったのか」

しかし、うさぎはきょとんとして、

「え？　ちがいますよ？　たしかに盗聴器から、迅人さんがどこかへ行ったのはわかりました。でもどこに行ったかまではわかりませんでしたよ。もっと高性能なの用意しておきますね」

「そんな宣言いらないって。じゃあ何でわかったんだよ」

うさぎはにこにこしながら、

「そうですね。それなら、迅人さんがどれだけうさぎのことが大好きか、わかってもらうためにもお話ししますね」

すべてを見透かしたような目をしたうさぎは、もはや怖かった。

「まず、昨夜の犯人の行動を振り返らせてください」

……………？

「えっ」と僕が聞き返せば、

「そっち？」とお姉ちゃんも目を見開く。

いきなり事件の話が始まった。いや、本来そっちが大事なんだけど。

「犯人はハンギングシェリュフのロープを使って、春日さんを殺害します。そして次です。ここで思い出したいのですが、うさぎたちは春日さんがジーンズのポケットから、ガムを取り出すのを見ました」

「そうだったな」

春日さんがここに入ってきたときだ。

「そして、死体のジーンズのポケットには、ガムが一粒だけ入っていました。この二つの事象から、春日さんは普段から、ガムをジーンズのポケットの方に入れていると考えられます。ベストのポケットを使わないことは、食事のときにも言っていました。なぜあのときだけ、ベストのポケットにガムを入れていたのでしょうか？」

うさぎは何を言おうとしているのだろう。ポケットに入っていたものを別の場所に移すなんて、めずらしいことでもないような？

「うさぎがベッドのヘッドボードから落ちたとき、ポケットに入れていたＧＰＳ発信器を落としてしまいました。そのとき、もしやと思ったのです。春日さんが逆さになったとき、ジーンズのガムが床に落ちてしまった。犯人はガムがどこから落ちたかわからず、深く考えずにベストのポケットに入れたのではないかと。そう考えると、現場に残された手がかりも納得がいくものになります」

「そうなのか？　でもその前に、春日さんはなぜ逆さになったんだ？」

「家具が倒されていたわけでもないですし、春日さんは逆さになったのではありません。犯人が春日さんの足を持って、死体を移動させたのです。その場合も同じ状況になります。とはいえ死体を移動させるなら、脇の下に腕を入れて運ぶケースが多いと思います。足を持って運んだなら、そうする理由があったのです。現場を思い出してみてください。例えば、ソファの下に頭から突っ込んで死体を隠したならば、引き出すときには足を持つことになります。その際、死体は斜めになり、ポケットの中のものが落ちてもおかしくありません」

うさぎは突然、僕の前にあお向けに横たわった。

「どうした？」

「迅人さん、うさぎを運ばなきゃいけないとしたら、どうしますか？」

「たしかに上半身を持って動かすな……」

「実際にやってみてください」

「何でだよ」

「いいからお願いしますっ」

うさぎは目をつぶった。このままでは話が進まない気がしたので、

「もう、今回だけだからな」

仕方なく、うさぎの脇の下に手を入れて起き上がらせた。

うさぎに近付くと、ミルクみたいなやさしいにおいがする。

高鳴る鼓動がバレないように、体をこっそり、少しだけ離した。

「うん、こうやるな」

「ありがとうございます」

うさぎは礼を言うと、僕の手を取り、

「それでは話を続けますね」

「ど、どんな体勢でだ！」

においでやられそうだったのに、小さくてすべすべの手でさわられ、さらに僕は窮地に追いやられた。彼氏が彼女を、後ろからつつむようなスタイルで進められても困る。

——これでは話が頭に入ってこない！

あわててうさぎから離れた。今のぬくもりを忘れるためにも、話に集中しよう。

「犯人は殺害後に、死体をソファの下に一時的に隠したのです。理由は、誰かがリビングに入ってきたからでしょう。犯人も一緒に、ソファの下に隠れたのかもしれません。そして死体を引きずり出すとき、ガムが落ちたので拾い、ベストのポケットに入れたのです」

うさぎの推理に、お姉ちゃんが質問する。

「うさちゃん、それはわかったけど、だとしたら犯人はどうして死体をそのままにしたの？　リビングに入ってきた誰かを無事にやり過ごせたなら、外に運ぶなり何なりすればいい気がするけど。外部犯に思わせるなら、その方が手っ取り早くない？」

「はい。犯人も直前までそうするつもりだったと思います。ところが、思いがけない事情で、それはできませんでした」

「春日さんは体格がいいから、重くて運べなかったのかな？」

「それもあるかもしれません。でも、もっとどうしようもない理由があったのです。春日さんを外に運ぶなら、犯人にはどうしてもやらなければいけないことがあります」

「やらなければいけないこと？」

お姉ちゃんは首をかしげた。

「はい。それは、春日さんに靴を履かせることです」

「あっ、そっか……」

お姉ちゃんは思わず口に手を当てた。うさぎはうなずくと、

「おそらく犯人は殺害後、とっさに『春日さんが夜中にリビングを荒らし、このペンショ

ンを出ていった』というシナリオを書いたのです。そのためには、春日さんの死体と靴を外に運ぶ必要がありました。でも春日さんは、靴を部屋に持っていってしまっています。いくら階段の音が響きにくいとはいえ、さすがに部屋に行くのは危険だと思ったのではないでしょうか。靴はルーフバルコニーで乾かしているかもしれませんし。さらにこのペンションでは、外履き用サンダルの貸し出しをしていますが、夏川さんに声をかける必要があります」

夏川さんが春日さんに話していたのを思い出す。

「ということで、犯人はすぐにシナリオを『泥棒が夜中に侵入し、リビングにたまたまいた春日さんを殺害して逃げた』に変更しました。そのため、犯人は勝手口のドアとリビングのタンスやクローゼットの引き出しを開けて荒らされたようにし、さらに春日さんの死体を置き去りにすることで外部犯に見せかけようとしたのでしょう。名探偵の迅人さんに、その偽装はすぐ見破られてしまいましたが」

今のうさぎの方が、よっぽど名探偵っぽい……よな。

そこにお姉ちゃんが、もう一点質問した。

「待ったうさちゃん。もう一個いいかな？　外部犯のしわざに見せるにしても、『証拠隠滅のために死体を外に運んだ』というシナリオにすれば、靴を残したまま死体だけ外に運んでも問題ないんじゃないの？」

「すでに住居侵入して窃盗もしている外部犯が、わざわざ死体を外に運んでまで、証拠隠滅を図るとは思えない。犯人はそう考えたのではないでしょうか。窃盗はもちろん、住居侵入も立派な犯罪ですから」

うさぎも僕の事務所に何度となく住居侵入しているぞ。それに殺人と窃盗では罪の重さが違いすぎる。

ツッコミどころはあったが、次のうさぎの言葉でそれどころではなくなる。

「そして、以上の行動から、犯人がわかります」

やっぱり名探偵っぽいな。でも犯人を突き止める手がかりなんて、今のうさぎの話の中にあっただろうか。

「春日さんはリビングの手前にあるソファの横に倒れていました。そして、ソファのふちには、春日さんの唾液が付着していました」

「誰かがリビングに来たから、犯人が死体をソファの下に隠したからだろ？」

――もうわかっている。その誰かとは、おそらく僕なのだろう。

「はい。以上のことから、こう考えると自然です。犯人はリビング手前のソファの下に死体を隠し、引きずり出したときに死体の顔が上を向いていたため、ソファのふちに死体の口がぶつかり、唾液が付着した」

なるほど。そう考えることもできる。

「そして唾液はもう一ヶ所、リビングの奥側にあるソファの座面にも付いていました。座面に付いていたということは、春日さんは殺害されたときにそこに突っ伏したと考えられます。つまり、殺害場所は奥のソファの前なのです。でも、なぜ犯人は、死体を手前のソファに隠したのでしょう。あえて殺害場所から遠い方に隠すのは変ですよね。理由は一つ。とっさに死体を隠すことになった犯人は、死体に余計な傷が付くことをおそれて、ワイヤーがはみ出たソファを自然に避けてしまったのです。そして、このとっさの行動は、犯人が誰であるかを如実(にょじつ)に示しています」

そういえば昨夜の食事後、ソファの下に忍び込んでいたうさぎが出てきたとき、カーディガンの袖が破れていた。

「とっさの判断でワイヤーが突き出たソファをよけた。ということは、犯人はワイヤーのことを十分に認識していた人物になります。うさぎがソファの下に忍び込んでも、うさぎはほこり一つ付きませんでした。こまめに掃除されているのでしょう。ソファ下を掃除していれば、ワイヤーのことも当然知っているはずです。だから管理人の夏川さんが犯人ですね。遠回りしてしまいましたが、それで、なぜうさぎは迅人さんがバルコニーへあがったことに気付いたかといいますと……」

……………ん？

「ちょ、ちょっと！」

あわてて、うさぎの話をとめた。シームレスすぎて、話を嚙(か)みしめる時間がない。

「どうしました、迅人さん？」

「今すごい大事なこと言った！　ねえお姉ちゃん？」

しかしお姉ちゃんは、

「迅人、うさちゃんの想いの丈、全部受け止めなよ」

状況わかってるのか、この警察官は！

「だって、今犯人の名前サラッと言ってたぞ？」

しかし、「うるさい」と、お姉ちゃんは僕の口をふさいだ。

「うさちゃん、言い残すことなんてないように、全部話しな」

「はい！　ありがとうございまっす！」

お姉ちゃんは僕の耳元で、「話が終わったらすぐ捕まえる」とだけ言った。

うさぎの話は続く。

「誰かがやってきた音で、夏川さんは死体と自分の身を隠そうとしました。とっさに思い付いたのが、ソファの下だったのでしょう。こうして夏川さんは犯行の痕跡を隠しました。ところで、もし階段脇のドアから誰かが来たなら、隠れる時間はありません」

階段脇のドアは、開ければすぐリビングだ。

「となると離れ、つまりうさぎたちの部屋の方から、誰かが来たのです。それなら隠れられます」

たしかにそうかもしれない。離れから誰かやってきても、渡り廊下を歩いている間に隠れられそうだ。

思えば死体を発見した朝も、離れのドアが開く音に、リビングの三人は反応していたようだった。

「ということで、夜中に出歩いたのはうさぎと弥生さん、そして迅人さんの三人のうち誰かに絞られます。盗聴器から音が聞こえてきたこと、うさぎと弥生さんは同室であることを考えると、バルコニーへ上がったのは迅人さんと考えられます。手すりを壊したのも、そのときですね」

実は以前にもあったのだ、こんなことが。

ようやく、僕にはわかってきた。

この朝比奈うさぎは、僕に関して想像を巡らせるときだけ、異常に頭が働くのだ。

おそるべし。これぞストーカー。今後、僕のプライベートは守られるのだろうか。

「オッケー。棚ぼた最高だわ。うさちゃんありがとうね。犯人を捕まえに行ってくる」

お姉ちゃんは部屋を出ていった。

10

残ったのは僕とうさぎだ。

「ということです。迅人さんは夜中にバルコニーへ行き、うさぎと部屋を離ればなれにしてしまったことを後悔しながら、ふーっとため息をついていたのですね」

「そこまで見抜いたのはすごいけど、なぜそこから、僕がうさぎのことを考えていることになるんだ？」

「だって、夜中にバルコニーなんて、他に行く理由ないじゃないですか？」

「あるよ！　色々とあるんだ、僕だって」

「じゃあ何でバルコニー行ったんですか？」

　くもりのない目で、うさぎがきいてくる。純粋に知りたいだけなのだろう。

　でも、今の自分に悩んでいるとか、そんなことストーカーに言うのも変だし、そもそもそんなこと言うの恥ずかしいし——

「それは教えないよ」

　当然、そう答えた。

「素直じゃないですね。うさぎが迅人さんのことが好きなくらい、迅人さんもうさぎのこと好きなのです」

　で、当然そう勘違いされるよね……。

「いつかきっと、迅人さんの口から言わせてみせます。つまらない駆け引きとか、くだらない恋愛術とか、そんなのはいりません。今目の前にいる迅人さんが、うさぎは——大好きなのです！」

「お、おう……」

　まぬけな返事になってしまう。

　この兎突猛進っぷりだけは、心の底からうらやましい。

脇目もふらず突っ込むのも、時には大切なのだろう。

昨夜、バルコニーでうじうじ悩んでた僕がバカみたいだ。

すーっと、気持ちが軽くなった。うさぎにはげましてもらったようだ。

11

昨夜のことを指摘されると、夏川さんはあえなく白状した。

春日さんの旅のエピソードに、女性といい仲になった話があったが、その女性とは夏川さん本人のことだったらしい。奔放な春日さんにもてあそばれ、夏川さんは今でもずっと心に傷を負っていたようだ。

自分に大きな傷を負わせた相手が突然現れたうえ、そのときのことを旅の一エピソードとして、自慢げに話している。その様を見て、夏川さんはがまんできず、深夜に春日さんをリビングに呼び出して殺害した。

夏川さんにそんな過去があるとは、とても思えなかった。人の過去に何があったかなど、他人にはわからないものだ。

夏川さんはパトカーで、連行されることになった。

そこに一緒に乗り込もうとする影山さんだったが、

「望月さん」

お姉ちゃんの方を振り返った。

「な、何よ」

「間近で望月さんの捜査を見ることができ、大変勉強になりました。感謝いたします」

お姉ちゃんは照れ臭そうに、

「別にたいしたことはしてないわ」

「それに、おどろきました。望月さんが、その、こんなおきれいな方……だったとは……」

少し音量が小さくなった影山刑事も、ほんのり顔を赤くしている。

「また、お会いできればと思っております。それでは、失礼いたします」

影山刑事は後ろ髪をひかれるように、お姉ちゃんの顔を何度も見る。

そしてパトカーに乗り込んだ。

去りゆくパトカーを、お姉ちゃんは見送り、ぼそっとつぶやくのだった。

「ヤ、ヤバい。惚(ほ)れたかも……」

そしてここにも、うれしそうなのがひとり。

「迅人さん、やりましたね」

うさぎは僕の腕にしがみついた。

「何がだよ」

「事件、解決できたじゃないですか。結果として、うさぎが犯人を見抜いたみたいになっていますけど」

「みたいじゃなくて、実際見抜いたんだよ」

「うさぎはただ、迅人さんの気持ちをオープンにしただけです」

腕にしがみつく力が強くなる。

ま、まあ。僕の行動をトレースすることで、うさぎは犯人に気付いた。ならば、僕がいなければ犯人はわからなかった。つまり、僕の手柄ってことでいいのだろうか。

……よくない。さすがにそこまでプライドなくない。

「やったわね、迅人。その調子で頑張りなさいよ」

やってきたご機嫌なお姉ちゃんに、背中を叩かれた。

僕は探偵としてのっぴきならない状況だ。だから実績はあげたい。

でも役にも立ってないのに、そんなのは……。

いや、うさぎは僕がいたから犯人に気付き……以下無限ループ。


無限ループの末。

僕は部屋に戻り、ベッドのヘッドボードから身を乗り出していた。さっきのうさぎとはちがって、仰向けになってもたれている。僕はうさぎの推理を振り返っていた。

――なるほど。ここから体がななめになると、ポケットの中のものが落ちそうだな。

「迅人、帰るわよー」

そのとき突然、お姉ちゃんとうさぎが、部屋のドアを開けた。

「ぬぉおおおお！」

いきなりドアが開いたことにビックリした結果、僕は頭からベッドの上に落ちて、そのまま逆立ちをする羽目になった。

「……あんた、最後の最後まで何やっているのよ？」

「ぼ、僕にもわかりません……」

絶句するお姉ちゃんだったが、逆立ちをしている僕を見て、やがて「アハハ！」と笑い始めた。

「だってさ、迅人が逆立ちをすると『人迅』。これって読み方変えると『ニンジン』よね。ウサギのうさちゃんが追い求める相手にはぴったりだなあって」

逆立ちしながら弟の方も絶句。そんなうまいこと言わないでくれ……。

誰かさんがその気になっちゃうから。

チラッとうさぎを見てみると、案の定満面の笑みでうなずいている。

「うさちゃん、ファイト！」

「もち！　弥生さん、うさぎはがんばりますっ」

ふたりは固く抱き合った。ふたりの絆（きずな）、だんだん深まってる！

うさぎは事務所に不法侵入した、れっきとした刑法犯なんだぞ。

しかし現役刑事は、現役刑事のくせに、そこには触れない。

逆にうさぎは、いつまでも勘違いを念押ししてくる。

「迅人さん、バルコニーでうさぎのこと考えていてくれたのですね?」

まだそう思い込んでいるのか……。

「ちがうよ。もの思いにふけっていただけだ」

「嘘はいいです。堂々と好きと言ってくれるまで、うさぎも努力は惜しみませんから」

「惜しんでくれ、頼むから」

「迅人さんは、うさぎのことが好きなのです」

どこから出てくるんだ、この自信は。そしてまたまた、お姉ちゃんの援護射撃。

「ちょっと迅人、うさちゃんが事件を解決してくれたんだから、そんな言い方するんじゃないわよ。それとも、あんたひとりで解決できたっていうの?」

「そ、それは……」

そこをつっこまれるときつい。完全に僕の分が悪い。そう思いきやうさぎは、

「弥生さん、うさぎは迅人さんのものです。うさぎが解決したというのなら、それは迅人さんのお手柄です」

さらに僕の耳元でそっと、

「夏川さんは逮捕されてしまいましたが、一応手すりは直しておきました。いつでも持っておくって言いましたよね?」

そう言ってうさぎは、ポケットから瞬間接着剤を取り出し、僕に見せてきた。
「…………！」
本当に持っているとは、どこまで尽くすつもりなんだ。逆に怖い。
僕はすごすごと頭を下げた。何て情けない探偵なのだろう。
僕を見上げるうさぎの表情は、奇跡的に愛くるしい。
その気になれば、素敵な彼氏をいくらでも見つけられるだろう。
そんなうさぎなのに、なぜ僕なんかにつきまとう？
こんな美少女に好意を『もたれた』僕は、不思議で不思議でしょうがなかった。

2話　危険な遊園地

1

すっかり秋めいてきた今日この頃。

とはまったく関係のない、僕の前に広がる景色。

中世ヨーロッパ風のお城に、オランダの風車。遠くには天守閣も見える。逆方向には、赤土がむき出しになったごつごつの山。その奥には、スペースステーションのような近未来的な建物。

——プライマルワールド。

毎日多くの来訪客でにぎわう、テーマパークだ。

敷地内は様々なエリアに別れている。スペースエリアにジャングルエリア、ファンタジーエリアにウエスタンエリア。歩いているだけで、様変わりする景色を楽しめる。

そんな雑多なところがこのテーマパークの魅力だが、今の時期だけ全エリアに統一感がもたらされる。

今日は十月二十日。毎年この時期、プライマルワールドはハロウィンキャンペーン中だ。

パーク内のあちこちが、カボチャのオレンジ、魔女や猫の黒、夜空になぞらえた紫の三色で彩(いろど)られている。おどろおどろしい感じが、来訪客を何ともワクワクさせるのだ。

そして、パークには様々なキャラクターがいる。

ここの看板となる、ウサギのキャラクター、ピーリィ。悪者の宇宙船から脱出してきた猿、パンデュ。そのパンデュと一緒に地球に降り立ったドジな宇宙飛行士、ジラー。人間の出すゴミを食べて生きる化け物、キカネン。園内中央の巨大な城に住む姫、プリン。体内から無限に風船を作り出し、子供に配るノレイ。パンフのキャラ図鑑を見るだけでも楽しくなってくる。

ハロウィンキャンペーン中、これらのキャラクターは、右手にジャック・オー・ランタンのパペット手袋をはめている。キャラクターに向かって『トリック・オア・トリート』と言えば、キャンディーを一つもらえる。この時期だけのお楽しみだ。

それで、そんな別世界を、人一倍楽しんでいるのがここにひとり。

「迅人、いいわね。ピーリィがいたらすぐ駆け寄るのよ。遠慮なんかしてたら、一緒に写真撮れないからね」

お姉ちゃんが、拳(こぶし)を握りしめた。難事件に取り組み中のような、真剣な面持ちだ。

「最悪、警察手帳を使って前に突っ込むわよ」

絶対にやめてくれよ！

我が姉の望月弥生は、クールビューティーな外見と、警察官という職業からはイメージしづらいが、プライマルワールドのマニアである。

ピーリィが園内に現れれば、あっという間に人だかりとなるらしい。

そんなときにどうするか、ノウハウを延々と語り続けているのだ。

マニアな姉のレクチャーを、さっきから僕は呆れながら聞いていた。

そんなお姉ちゃんの右手には、ジャック・オー・ランタンのパペット手袋がはめられていた。手袋は、ハロウィン期間だけ園内のおみやげ屋にも売られている。さっきから何人か、手にはめたお客さんとすれちがっていた。

ただ、お姉ちゃんのは、売られているのとはちょっとちがう。

お姉ちゃんのパペット手袋は、ジャック・オー・ランタンの口の中から、ピーリィが顔をのぞかせている。これは限定品らしい。

こうして歩いている僕たちだったが、今日は上着がいらないくらいの陽気だ。中には半袖姿で歩いている人もいる。

だけど僕は、そこからさらに、一枚上乗せしているから暑かった。

ふわふわで気持ちいいのを、一枚羽織っているのである。

「いいじゃん、迅人。やっぱり似合うじゃん」

お姉ちゃんにちゃかされる。

「……恥ずかしいんだけど」

「とか言いながら、ちゃんと着る迅人のやさしさよね。せっかくだからペアで着なきゃ」

ここのグッズに、フード付きのブランケットがあった。

大きなブランケットにフードが付いていて、羽織ってフードをかぶる。急な雨のときにも役立ちそうだ。

お姉ちゃんは、ここのグッズをたくさん持っている。ブランケットは大きいので、けっこうかさばるはずなのに、大きいバッグに入れて持ってきたのだ、それも二枚。よりによって、こんな暑い日に。

「しっかり着なさいよ。おそろいで着たふたりは、いつまでも一緒にいられる魔法がかかるんだから」

ブランケットは、羽織ると袖のあたりにくる箇所に、マジックテープが付いている。別のブランケットと、くっつけられるようになっているのだ。くっつけて行動することで、魔法がかかるらしい。お姉ちゃんから、何度も聞かされたうんちくだ。

——おそろいで着たふたりにかかる魔法。

もちろん、おそろいの対象であるもうひとりとは、お姉ちゃんのことではない。

突然、僕の全身を影が覆（おお）う。

殺気！　空を見上げた。

「迅人さーん！」

ブランケットを広げたうさぎが飛び込んでくる。

「うわあああ」

あわててよけた。うさぎが転んじゃうかなと思ったけど、心配は無用。

ふわりと舞い降りると、うさぎは僕に向かって歩いてきた。

「何でよけるのですかー?」

「飛び込んできたらそりゃよけるって!」

「そう恥ずかしがらずに!」

うさぎはブランケットと一緒に、大きく手足を広げた。威嚇（いかく）している小動物みたいだ。

「迅人さん!」

突然の声に不意を突かれ、気が付けば僕の腕には、うさぎがからまっている。

あー、ダメだ。そんなに密着しないでくれ。自分のビジュアルレベルを考えてくれ。

うさぎは、そんな僕の心まで読んでいたのか、

「うさぎのギュッで、迅人さんがドキッなのも把握ずみです」

僕の胸に、ほっぺをくっつけてきた。すれちがった女子高生ふたり組が、

「見たー、今のカップル? イケメンと超カワなのに、めっちゃイタかったよ!」

笑って僕らの方を振り向いた。ふたりともお姉ちゃんみたいに、手にパペット手袋をはめていた。僕はうさぎを離すと、

「ほら、笑われちゃったじゃないか」

そこにお姉ちゃんが、

「迅人、そんな言い方ないじゃない。せっかく呼んであげたのに」

うさぎが「そうだ、そうだ！」と腕をあげた。

今回もお姉ちゃんと僕の予定に、うさぎが割り込んできたのだ。

お姉ちゃんは快くうさぎを受け入れ、今日をむかえた。

最近、このふたりにまるで勝てない……。僕は呆れつつ、

「呼ばなくても来るだろ。それよりお姉ちゃんはさ、これ着なくてよかったの？」

僕はブランケットをひらひらさせる。お姉ちゃんはほほえんで、

「私にはこれがあるから」

そう言って、右手のパペット手袋を動かしてみせた。

「それにもうすぐ、特別なのがもらえるからいいのよ」

「特別なの？　ああ、あれね」

「シマザキパンについたシールを送ると当たる、コラボブランケットが当たったの。来月届くそうだから、それまでは貸してあげるわ」

景品まで狙(ねら)うとは筋金入りだ。そして、よく当選するまでがんばったな。

お姉ちゃんがシール目当てで買った、食べきれない量のパン。色々なプレゼントが当たるらしく、それを消費するのに僕もずいぶん協力した。食費が浮くから助かってたんだけどな、あれ。

「迅人さん」

うさぎは、ブランケットを僕のそれにくっつけ直した。ピタッと、マジックテープ。

「これで行動しましょうね」

「だから動きにくいんだって」

それに、ドキドキしちゃうだろ……！　すぐに、ビリッとテープを離した。

「ダメですよ。離しませんし、離れませんっ」

負けじとうさぎは、再びくっつけてきた。そしてそのまま、また僕に抱きついてくる。

「離れることはできませんっ」

「こうして抱きつくなら、テープがあろうがなかろうが一緒じゃないか。はぁ……」

ため息が漏れる。何度離しても同じことだろう。

僕があきらめの境地に達すると、うさぎは言うのだ。

「そう言いながらも、迅人さんは何だかんだで離さないからやさしいです」

それは、女の子にそんなことするのはよくないからさ。

押しの強ささえ、コントロールしてくれればいいのになあ。

だってさ。僕は目の前のうさぎを見る。

フードをかぶったうさぎは、まるでおとぎの国の魔法使いのようなかわいらしさなのだ。

2

そのときである。

「ハローハロー、ヒア・イズ・ザ・プライマルワールド」

辺りに軽快な音楽が流れ、道の脇からお猿のキャラクター、パンデュが飛び出してきた。

パンデュは、服装はYシャツにスラックス、サスペンダーで、顔は特殊メイクでお猿になっている。

途端に、あたりにいた人たちが集まり出した。

「今日は楽しんでいってね」

パンデュは手を振った。

お客さんが、『トリック・オア・トリート』と言いながら、パンデュを取り囲み始めた。

パンデュも大忙しでキャンディーを配り始める。

ここでは、音楽が流れると、道の脇から突然キャラクターが登場する。

いきなり現れるから、子供を連れたお父さん、お母さんも気が抜けない。

「キャンディーが欲しかったら即動くのよ。それにしても早速パンデュに会えるなんて、私たち運がいいわね。悪者の宇宙船から逃げ出してきたパンデュは、すばしっこくてなかなか捕まえられないのよ。パンデュが好きなマニアの間では、スマホの位置情報やツイッターを使って、出没情報探るぐらいだから」

お姉ちゃんのうんちくがまた始まった。

「出没情報を探る……」

うさぎ的に気になるワードのようだ。

「何か企(たくら)んでいないか？　変なことするなよ」

僕があらかじめ牽制(けんせい)すると、うさぎはぷくーっとほほを膨らませた。

「そんなことしませんよっ！　やるなら二十四時間全方位総監視態勢で迅人さんの行動を逐一チェックする態勢を整えますっ。断続的な情報は確実性に欠けますっ」

「やめてくれ！　何を確実にしようとしているんだ」

「でもやりません。迅人さんはうさぎがひとりじめしますから」

うさぎは、あらためて僕にくっつくのだった。

そのとき、お姉ちゃんが広場を見ていた。そこには大勢の人が往来している。

「ん？　どうかした？」

お姉ちゃんは目をぱちぱちさせると、

「あ、ああ、ごめん。知ってる顔が見えたから。人違いかもしれないけどね」

お姉ちゃんは、それ以上語ろうとしなかった。

僕らは、中世風のレストランでご飯を食べることにした。

ハーブチキンとビーフストロガノフのプレートを注文し、グリーンスムージーを付けてもらう。店員さんは魔女の格好をしていた。

僕らは外のテラス席に座った。まずはグリーンスムージーでのどをうるおす。

見上げると、各エリアの絵が描かれた旗があった。空を横切るように張られたロープに、いくつも付けられている。

「うふふ」

なぜかうさぎが笑った。上を見ている。

「うさちゃん、どうしたの？　ほら、口にソースが付いてるよ」

お姉ちゃんは紙ナプキンで、うさぎの口をぬぐってあげようとした……が。

「あ、弥生さん大丈夫ですよ」

そう言ってうさぎは目をつむり、顔を僕の方に向けた。

「迅人さん……」

完全にキスじゃないか。それでぬぐえってことか？　僕はどぎまぎしながら、

「そんなことできるか！」

しかし、うさぎはきょとんとすると、

「え？　何を言っているのですか？　単に紙でぬぐってくれればいいのです」

そう言って、したり顔をしてみせた。で、ぬぐってあげることになったが――

「迅人さん、手が震えてますよ」

すっごく恥ずかしい指摘。僕は「うるさい」と強がりつつ、うさぎの口を拭いた。

顔が赤くなっているのがバレないように上を見たら、旗が目に入る。

「そういえばうさぎ、さっき空を見上げて笑ってなかったか？」

うさぎも僕に続いて上を見ると、

「上手だなあと思ったんです。旗のポールに、ポツンと黒い点が見えませんか？　あれ、監視カメラです。お客さんを興ざめさせないように、カメラが景色に溶け込んでいます」

「へー、よく気づいたな」

「さすがにそれは、私も気付かなかった」

お姉ちゃんもおどろいている。

「うさぎも日々、いかにばれないように設置するか悩んでいますから。勉強になります」

天真爛漫(てんしんらんまん)にうなずいた。だが、話の内容は聞き捨てならない。

「それ、どういう意味だ？　もしかして僕の部屋に……」

しかし、うさぎはにやりと笑い、

「さあ、どちらでしょう。設置されているかされていないか、どちらかになります」

「……それは当たり前だろ！」

そしてうさぎは、答えを教えてくれないのだった。


僕らは食事を終えたあと、ゴミを捨てることにした。

ここのゴミ箱は、モンスターが口を開いた形をしている。ゴミを食べるお化け、キカネンだ。キカネンの口にゴミを入れると「うまーいよー」としゃべりだす。ゴミ捨てという行為まで、アトラクションなのだ。

ちなみに、何回も連続してゴミを捨てると、キカネンは「おらー腹いっぱいだー」と言って、黙ってしまう。

面白がって何度もゴミを出し入れするお客さん対策だが、その声聞きたさに出し入れする人もいるため、あまり対策にはなっていないらしい。

「ほらほら、今のちゃんと聞いた？　キカネン、『腹いっぱいだー』ってしゃべった！」

園内のあちこちにはキカネンの巣があり、そこからはほうきと大きな布の袋を持った、キカネンの手下が二人一組のペアで出てくる。園内の掃除人がキカネンの手下という設定であり、掃除で出たゴミをキカネンに食べさせているのだ。

「うさぎ、ゴミ入れたビニール袋持ってなかったっけ？　あれ入れてみれば？」

僕がうさぎにきくと、

「ダメです。迅人さんとの思い出なので、持って帰ります。同じ時、同じ場所にいた証(あかし)です。どんなものであれ、うさぎは迅人さんとの思い出を大事にしたいのです」

うさぎはゴミが入ったビニール袋を胸に当てた。

「証がゴミって嫌なんだけど。じゃあ今までのゴミも取ってあるのか？」

「はい。全部冷蔵してあります」

「それはさすがに捨ててくれ」

「何でですか？　迅人さんだって、うさぎの作ったフレンチトーストに刺さっていた旗、取っておいてくれたじゃないですか」

そんなことあったな……。

「あのときにうさぎは、迅人さんのやさしさに感動したのです。だからうさぎ自身も、まねしてそうしようと思ったのです」

うさぎは目を閉じて、うんうんとうなずいた。

うさぎがゴミを取っておくのは、僕のせいでもあるのか？

——いやいや、そんなところまで思いやってはいられない！

「取っておくのは他の思い出にしよう。な？」

こういう風にむきになると、だいたい負けるのだ。うさぎは目を輝かせ、

「えっ！　別の思い出をつくってくれるのですか？　迅人さん、ついにうさぎのことを受け入れてくださるのですね」

なぜこう、何を言ってもうまくいなされてしまうのか！

その後がんばって説得し、うさぎはゴミをとっておかないことを約束した。

3

「あ、あれ！」

うさぎが声をあげた。

目の前に大きな人だかりができている。それを見たうさぎが、一目散に走り出した。

僕とお姉ちゃんも、あわてて追いかける。

人だかりの中心にいたのはピーリィ。燕尾服を着た、三頭身くらいのウサギだ。

「ピーリィ、ピーリィ！」

うさぎは自分と同じウサギのせいか、ピーリィがお気に入りらしい。

「ピーリィだけが、全身着ぐるみなんだな」

僕がボソッと言うと、うさぎはくるっと振り返り、

「迅人さん、着ぐるみって何ですか？　ピーリィはピーリィです」

めずらしくうさぎに注意された。そっか、夢の国で着ぐるみなんて言っちゃダメか。

うさぎはそれだけ言うと、

「トリック・オア・トリート！」

そう叫びながら、人だかりに飛び込んでいった。果たしてキャンディーはもらえるのか？

人気者のピーリィは、次々とキャンディーや写真をせがまれている。

「次お願いします」「トリック・オア・トリート」「ピーリィ撮ろう」

四方八方から言われるせいか、ピーリィはどの方向から何を言われているのか、よくわからなくなっているようだ。心なしか動きもぎこちない。

「ピーリィお手紙あげる」

大学生くらいの女の子が、ピーリィに便せんを渡していた。名前と住所を書いておくと、運がよければお返事がもらえるらしい。

それにしても中の人は、バイトを始めて間もないのだろうか。ものすごく疲れているような動き方だ。今日は暑いだろうし同情する。

僕とお姉ちゃんが人混みをかき分けると、そこにはキャンディーをもらったうさぎがいて、

「みんなで写真撮りましょう」

そう言って、僕とお姉ちゃんの背中を押した。

「ちょっとだけ、ちょっとだけ……」

うさぎはブランケットを脱ぎ、肩にかけていたバッグの中からカメラを取り出した。

そして素早くかけ直し、ブランケットをまた羽織る。

「今の瞬間魔法は続いている、今の瞬間魔法は続いている……」

そう、ぶつぶつ言い続けている。

――かわいらしいな。

どうやら、ブランケットの魔法設定を、忠実に守っているつもりのようだ。

「すいません、写真お願いしていいですか?」

お姉ちゃんはこういう状況もお手のもので、近くにいた人に写真をお願いした。

ピーリィの両端に、うさぎとお姉ちゃん。そして後ろに僕といった構図で、写真を撮ってもらった。

「わーい、いい思い出になりましたね」

そこにお姉ちゃんが、

「うさちゃんと迅人の分も取ってあげるよ」

ということで、ピーリィとうさぎと僕で撮ることになったのだが——

「迅人さん、大好きですっ」

うさぎは僕に抱きついて、カメラに視線を向けている。

写真の構図的には、僕、僕に抱きつくうさぎ。横で手持ちぶさたのピーリィ。

これではピーリィがいる意味がない！　僕が指摘すると、

「大丈夫です、うさぎはピーリィも好きだけど、迅人さんのことはもっと好きなのですっ」

「理由になっていない」

こんな人だかりの中心で、うさぎに抱きつかれるのは恥ずかしいんだよ……。

「ちょっと迅人。もっと笑いなさいよ」

お姉ちゃんに怒られ、僕は作り笑いで写真に写った。

「それでも手をほどかないのが、迅人さんのやさしさですね」

うさぎも大満足のようだ。その間、主役のはずのピーリィはくたっとしていた。

自分を無視するおかしな客の存在は、ありがたかったのだろうか。疲れはてているのが、ぎこちない動きでわかった。

僕らが離れた後は、再び力を振りしぼって動いている。

大仕事でもあったのかもしれないが、がんばれよ。

僕らは次に、小さなサーカステントをイメージしたおみやげ屋をのぞいてみた。

ガヤガヤとしている方を見ると、パーク中心の城に住むお姫様のプリンが、家来を引き連れて買い物をしていた。ふわっとふくらんだスカートが、きらびやかに揺れている。キャラクターがパークに溶け込んでいるのは、ここの大きな魅力の一つだ。

「迅人さん、迅人さん」

うさぎがブランケットをくっつけてきた。

「これこれ、名前のキーホルダー買いましょうよ」

ディスプレイラックには、名前が彫られたキーホルダーが並んでいた。

「ほら、『はやと』もありますし」

「いらないよ、そんなの付けてると子供だと思われるぞ」

「迅人」

後ろからお姉ちゃんの声。振り向くと、警察手帳を持っている。

そこには、『やよい』と彫られたキーホルダーが付けられていた。

「誰が子供だって？」

こめかみがひくついている。

「いや……その……」

「うさちゃん、特別にうさちゃんと迅人の分買ってあげるね」

「弥生さん、ありがとうございます！」

「絶対にこのバカ振り向かせろよ」

「もち、です！」

買ってもらったキーホルダーをバッグにつけて、うさぎは上機嫌だ。

『うさぎ』って名前はめずらしいので、なかったりするんですよ。よかったです」

うさぎはキーホルダーを、うれしそうにひらひらさせた。

「たしかに僕も、うさぎって名前に会ったのは初めてかもなあ」

「もしなかったら、自作するまでですけど」

たぶんうさぎの場合、こういったら本当に作る。

本物と混ざってもわからない、べらぼうにクオリティの高いのを。

おみやげ屋を出たとき、ふと気付いた。

お姉ちゃんが、進行方向とは別の方を見ている。それも、鋭い視線で。

「さっきからどうしたの？」

「やっぱり佐々木だな。こんなところにいるということは……」

お姉ちゃんは軽く息を吐いた。

「誰それ？　どの人？」

広場で見かけた人物と一緒だろうか。

「もう見失った。佐々木は交番勤務時代に捕まえたスリ、窃盗(せっとう)の常習犯だよ。ひとりでこんな人ごみの中にいるってことは、もしかしたら」

犯行にうってつけなのかもしれない。

「捕まえたらもう二度としないと泣きついてきて、釈放されたらまた捕まるなんてことを、私が捕まえる前から繰り返していたらしい」

「そいつはこの近くに住んでいるの？」

「前は池袋の方に住んでいたはずだけど、引っ越してきたのかもね。でもここへの直通バスもあちこちから出てるから、何とも言えないな。本当、どうしようもないやつ」

お姉ちゃんは不機嫌を通り越して、明らかに怒っていた。時折見せる刑事の顔は、小さいときに喧嘩(けんか)したときの顔にそっくりだ。だから、少し怖い。

4

園内には、見晴らしのいい場所がいくつかある。

アラビアンエリアの塔。山岳エリアの山小屋。ウォーターエリアの滝の上。

「……とか行っちゃうのは素人(しろうと)なのよ。本当のマニアは、ここに来るのよ」

お姉ちゃんに連れられてきたのは、スペースエリアの廃ロケットだった。

スケルトンやカボチャのオブジェが飾られている。ロケットとのアンバランスさがまたいい。

「ここ、あまり人気ないのよね。ほら、ふたりとも早く！」

たしかにきれいだ。高い場所から、ピーリィやキャラクターを遠目に見る。

何だか動いている絵本を見ているようで楽しい。

「よし、次はシーエリア行かない？」

頼もしい案内人は、見せたい景色がたくさんあるようだ。

「せっかく私がいるんだから、船乗らなきゃ。マニアだけが知っている、一瞬だけの景色があるのよ。その他にもちゃんと、見どころ説明してあげるからさ」

やたらマニアアピールをしてくるな。仕事中のクールなお姉ちゃんとは大違いだ。

僕らはシーエリアに着くと、十人乗りくらいの船に乗った。

漕ぎ手のお兄さんが、船の先頭で優雅にオールを動かしている。船からだと、園内の景色がちがって見えて面白い。

「あそこ、あの建物が後ろから見れるのはここだけよ」

「ほら！　ショーを真横から見るのも楽しいでしょ？」

気持ちが高ぶっているお姉ちゃん。

「次！　洞窟の中は真っ暗だけど、出るときに右向いてて！　一瞬見えるのが最高だから」

やがて船は、海の洞窟へと入っていった。

水路が曲がりくねっているようで、先が見通せない。

「しばらく真っ暗になりますが、船から手を出さないでください」

漕ぎ手のお兄さんが言ってまもなく、洞窟の中に入り込む。

潮気交じりの冷えた空気が、強く鼻先をくすぐったと思ったら、

「きゃー！　怖いです」

うさぎが僕に抱きついてきた。

「今タイミングまちがえただろ！　そういうのは普通、真っ暗になってからだ！」

「きゃー」

うまい言い訳が思い付かないから、大声で抱きついてごまかしてる！

そして、すぐに何も見えなくなった。ひんやりとした、暗い空間を味わうはずだったが、

「ぶふぁ」

僕の鼻先を、筆のようなものがなでた。

うさぎのハーフツインだろうか？　暗いからたしかめられない。

と思ったら、今度はあたたかい空気が僕の鼻先に――

うさぎだ！　狙ってるぞ、僕のくちびるを！

僕は首をぶんぶん動かし、うさぎの攻撃をよけ続けた。

「きゃー、迅人さん怖いです！」

怖がっている声を出して、暗闇(くらやみ)の中で積極的になっていることを、周りにバレないようにしている。何て器用なんだ。

「あ、ふたりとも！　もうすぐ出るわよ。いい、右よ」

数秒の攻防は、お姉ちゃんの言葉で終わりを告げ、僕は言われたとおりに右を向く。

うさぎも僕に抱きついたまま、同じようにしていた。

「今だ！」というお姉ちゃんの声。そして洞窟を抜けると――

「うわー、きれい」

僕の感想は、うさぎがそのまま言ってくれた。

たしかに、一瞬だ。

園内の高い建物が、わずかにずれて重なり合う。異世界が一つになったような、不思議な光景だ。夜になれば光も加わり、よりきれいだろう。

「迅人さん。うさぎは今の景色、何年たっても忘れません。あんなきれいな景色を、迅人さんと見れてしあわせです」

しみじみと感動するうさぎの顔に、僕はしばし見とれていた。

きれいな景色を純粋によろこぶ様は、いつものハイテンションなうさぎとは別物だ。そして、とてもかわいらしい。そのとき、漕ぎ手のお兄さんが、

「もう一度、洞窟に入りまーす。お気を付けください」

そして視界は、再び真っ暗になった。

何も見えないが、僕の顔の近くで何かが動いている。言うまでもなく――うさぎだな。

いつものハイテンションなうさぎの、闇に乗じたいたずらを、僕は必死でよけ続けた。

「………？」

その後、僕らは船を降りてまた園内を歩き始めたが、何か違和感がある。

僕より先に、お姉ちゃんが気付いた。

「あれ？　うさちゃんブランケットは？」

「え……？」

そうだ、ハーフツインが見えているではないか。

「えっと、船に乗るときはかぶってて、それから……」

「洞窟で落としちゃったのかな」

暗闇で暴れていて、落としたのかもしれない。うさぎは途端に沈んだ表情となり、

「弥生さん、ご、ごめんなさい」

両手をほっぺにあてて、目を潤（うる）ませた。

「うさぎ、ブランケットの魔法で、迅人さんと一緒になれると思ったのに」

なくしたことじゃなくて、そっちに対してか！

「迅人を落とすのは、また別の手段を考えましょ」

お姉ちゃんは、うさぎの頭をポンポンなでた。うさぎの目から涙がぼーっと流れ出る。

「大丈夫だってば」

「弥生さーん、ごめんなさああい。すぐに新しいの買います。そうしたらそれには、ちゃんと名前と住所書いておきますうう」

「いいよ、買わなくたって。気にしない気にしない」

だだをこねる子供と、それをあやす母親のようだ。うさぎも納得したようだった。

僕は自分のブランケットを脱ぐと、

「うさぎ、せっかくだからこれ着るか？」

うさぎに渡そうとした。ちっちゃいうさぎが着た方がかわいいしね。

でもうさぎは僕に向かって、

「いいえ。迅人さんがそのまま羽織っていてください」

「え、何で？」

少し暑いから、脱ごうと思ったのに。

「迅人さんの格好がかわいいからです。おそろいではなくなってしまいましたが、せめて迅人さんの姿を、うさぎの網膜に焼き付けるのです」

そう言うと、うさぎは僕の両肩をつかんだ。

そして、ぐいっと顔を近付けて、目を大きく見開いた。

「今、記憶に刻み付けています。新しいのを買ったとき、今目の前にいる迅人さんとコラボできるぐらい、かみしめて焼き付けて、刻み付けています。うさぎは新しいのを買ったら、肌身離さず持ち歩きます。願いを叶えるまで、いつも持つことにします」

「熱意と執着が怖いって！　僕は脱ぐからうさぎが着なよ」

「え……」

うさぎの目に、またまた涙がたまってきた。

再び号泣されたら困る。僕はあわてて脱ぐのをやめると、

「わかったって！　着てればいいんだろ」

「やったー」

うさぎは跳びはねた。結局僕、さっきからうさぎの言うこと聞きまくってないか？

そこに再び、ピーリィが現れた。

「わー、ピーリィ、ピーリィ！」

キャッキャッと、うさぎは人ごみに突っ込んでいき、そして見えなくなった。まあ、うさぎが元気になるならそれでいいか。


「あ！　佐々木！」

そのときお姉ちゃんが、人混みの中に佐々木を見つけたらしい。

「迅人、これ持ってて」

お姉ちゃんは僕にパペット手袋を渡すと、あわてて走っていった。

突然、女性陣と離ればなれになってしまった。

あまり動いてもしょうがない。僕は道の脇にある手すりにもたれて待つことにした。

こうしているといろいろな人が通る。家族連れ、カップル、同じ制服を着た友達同士のグループ。姉弟とストーカーという組み合わせなんて、僕らぐらいだろう。

そのとき目の前を、風船を持った三歳くらいの女の子とお母さんが通った。

「あっ」

女の子の手から、風船が離れた。

「待ってー」

「走ると危ないわよ」

女の子は、風船を追いかける。

風船は、ノレイが小さい子に配っているものだ。ノレイは空を飛ぶまるまると太ったキャラクターで、着ぐるみではなくスタッフが演じている。風船にはノレイの『N』マークが印刷されていた。

やがて風船は、道からはずれたところにある木に引っかかった。

「ちょっと待ってな」

僕は木によじ登った。そして風船を取って飛び降りる前に、ぐるっと四方を見渡した。

すると奥の方に、倒れている人の姿が見えた。いやな予感がする。何だろう？

とりあえず木から下りると、僕は女の子に風船を渡した。

「はい、どうぞ」

「ありがとー」

風船を渡すと、女の子は目を細めて笑った。お母さんも深くお辞儀してくれた。

ふたりは、うれしそうに去っていった。

――さて。さっき見えた人影を確認しにいかないと……。

僕は道からはずれて、さらに奥の方へ向かった。


「うわっ！」

――そこには若い女性が倒れて死んでいた。後頭部から大量に血が流れている。

すぐに誰か呼ばなくては。僕はあわてて、大勢の人が往来する道の方へ走り込んだ。

だが、あまりに焦(あせ)っていたので、思いっきり道に飛び出す形になり、近くにいた三十代くらいの、体格のいい男性とぶつかってしまった。

「うぉおおお！　何だてめーは！」

男性はおどろいて大きな声を上げた。

――やってしまった！

途端に、あたりはざわつき始めた。

いきなり道の脇から体当たりされたら、それはビックリするだろう。そして人によっては、怒りたくもなるだろう。僕は胸ぐらをつかまれ、

「喧嘩売ってんのかこのやろー！」

「ち、ちがうんです！　向こうで人が、人が死んでいるんです！」

という僕の必死の主張も、「このやろー」という、男性のおたけびでかき消される。

「そんなバカな話があるかー」

「本当なんですー！」

情けない……。必死の主張もむなしく、僕は大勢の人の前で醜態をさらし続けた。

5

「あんたねー、何してんのよ？」

お姉ちゃんは、僕からパペット手袋を取り返し、右手にはめると、

「佐々木はまた逃がすし、戻ってきたら迅人が傷害事件を起こしているし」

「起こしてないってば！」

「おまけに死体まで発見か。この短時間にどんだけイベント目白押しなのよ。ってかあんたこの状況、また疑われるわね」

だろうね……。僕らは警察がやってくるのを待っているところだ。

お姉ちゃんとほぼ同時に戻ってきたうさぎも、

「ほんの少しうさぎがピーリィに気を取られた間に、迅人さんがこのざまです……」

「このざまって言い方、ひどいぞ」

そうこうしているうちに、警察がやってきた。

五十歳くらいの小太りの刑事が、お姉ちゃんに話しかける。

「あれ、望月じゃないか」

「げっ、渡邉(わたなべ)さん」

「そんなにいやそうな顔することないだろ。それより何だ、その手は」

渡邉さんと呼ばれた刑事は、お姉ちゃんのパペット手袋を見て軽く笑った。

「……これは気にしないでください」

お姉ちゃんは顔を赤くしてうつむいた。

渡邉刑事は、お姉ちゃんが新人の時にお世話になった人らしい。当時はだいぶしごかれたらしく、それで苦々しい顔になってしまったそうだ。

「それでどいつだ？　殺人後に焦って別の客とぶつかってしまい、大騒ぎを起こしたバカな犯人は」

だいぶ事実とちがう。お姉ちゃんが説明を加えた。

「ちょっとちがいますね。まず死体を発見したのは、私の弟の迅人です」

「え、お前に弟いたのか？」

お姉ちゃんは僕の手を引っ張ると、

「弟の迅人です」

と、紹介した。僕はおずおずと頭を下げる。

「姉貴と違ってずいぶんおとなしそうじゃないか」

「もっと私を見習ってほしいものです。ちなみに迅人は、探偵事務所を経営しています」

渡邉刑事は眉（まゆ）をひそめ、

「探偵？　またそれは、俺たちとは微妙な間柄の職業だな」

今の言い方からすると、渡邉刑事は探偵をよく思っていないのかもしれない。

「まあ、探偵だからとか、後輩の弟だからとか、それは関係ない。『第一発見者は疑え』。望月、お前にもそう教えたはずだよな」

「……はい」

お姉ちゃんと渡邉刑事の間に、張り詰めた空気が流れる。

渡邉刑事は僕の方を向くと、

「なあ、弟。何でこんな見つけにくい場所の死体を見つけられたんだ？　お前が殺して、焦って逃げるところを客とぶつかったんじゃないのか？」

胃がキリキリしてくる。始まったぞ、もたれ体質が。

「僕は木に登って……」

僕は風船を取ってあげたエピソードを説明した。本当ならこんなハートフルなエピソード、殺人の疑いを晴らすためなんて物騒な理由で言いたくないんだけど。

「なるほどな。じゃあまずはその目撃証言を探すとするか」

そこにお姉ちゃんが付け加える。

「渡邉さん。監視カメラにもその様子が映っているかもしれません」

「あ、そうだな。調べてみよう」

そこに突然、うさぎが渡邉刑事の前に出てきて、

「すいません。わたくしは迅人さんの婚約者の、朝比奈うさぎと申します」

丁重に頭を下げた。いつ婚約したんだ？

嘘を積み重ねて既成事実に仕立て上げようとする試み、やめてもらえないだろうか。

「へー、美男美女でお似合いだな。犯人じゃなかったら、の話だが」

渡邉刑事は、のんきに返事をした。

「迅人さんはやっていません！　被害者のこの方と迅人さんは面識ありませんし」

「面識があるかどうかなんて、完全にはわからないだろ？」

「わかります！　迅人さんのことなら何でもわかります。現交友関係は完全に把握してますし、過去の交友関係も調査済みです。人は、過去から逃げることなどできないのです」

思わせぶりに、怖ろしい一節を最後に混ぜ込まないでくれ。

考えたくないが、うさぎは本当に僕のことなら何でもわかっているのかもしれない。でもその理屈、普通は通用しない。

「それでは容疑から外す理由にはならない。とりあえず捜査だ。愛する弟の危機だし、望月も手伝えよ」

お姉ちゃんは「もちろんです」と、冷静に返事をした。

その反応が渡邉刑事は意外だったようだ。

「ん？　弟のピンチだというのに、ずいぶん冷静だな」

「いつものことなんですよ。迅人が疑われるのは」

「いつもって、そんなに事件に遭遇しているのか？　だったら、やはり弟があやしいと言わざるをえないぞ」

って、毎回ますます疑われるのだ。このおかしな体質のせいで。

「そうお考えになるのはわかりますが、まず私の話を聞いてください。実はひとり、あやしいのが……」

お姉ちゃんは渡邉刑事に、佐々木のことを説明した。

渡邉刑事はあごに手を当てて、

「そんなやつが今園内にいるのか。わかった、そっちもあたってみるが、だからといってお前の弟が容疑者から外れるわけではないからな」

そう言って、僕の背中を叩いた。

どうか、本気でそう思っていませんように。

ということで僕の容疑を晴らす目的もあり、鑑識による現場検証に僕らも参加する。

仰向けの女性の死体は、腹部が少しもりあがっている。小さいリュックを背負ったまま、倒れているのだ。

「あれ、ここ破けてる」

お姉ちゃんが、被害者の右足を指差した。ストッキングが上下に大きく伝線している。

「犯人と争ったときに、引っかかれたのかしら。激しくやりあったのかもね」

鑑識の男性が、死体の頭部を調べながら言った。

「致命傷は後頭部の打撲です。現場に落ちていた石に血痕が残っていたので、凶器はこれでしょう。それに、ここにも血が付いてますね」

鑑識が死体の横を指した。腰を中心に九十度右に、もう一ヶ所倒れた跡が地面にあるようだ。

「一度こっちに倒れて起き上がった後、もう一度殴打（おうだ）されて、今のところに倒れ込んだのかもしれません」

破れたストッキング、一度起き上がった跡。やはり激しく抵抗したようだ。

そんな状況を眺めていた僕らだったが、

「迅人さん、怖いです。早く犯人を捕まえてください」

うさぎは現場を間近で見て震えている。

「うさぎは何かわからないのか？」

たまに見せるひらめきを、発揮できないのだろうか。

「わかりませんっ」

うさぎは、僕の背中の後ろに隠れた。

彼女の推理力はやはり、僕に関係があることじゃないと発揮できないみたいだ。

たまたま出くわしたこの事件と僕は、もちろん関係ない。

だから、うさぎに期待はできない……って、僕はうさぎに何を期待しているんだ。

お姉ちゃんが、道路の方を向いて渡邉刑事に言った。

「人が多いし、犯人がワールドから立ち去っていてもわからないですね」

「この辺り一帯は封鎖したが、もう遅いかもしれないな。プライマルワールド自体の封鎖は、人が多すぎてとても無理だった」

渡邉刑事は苦々しい表情を浮かべた。

「封鎖は無理でも、出入り口にカメラは設置されていますよね？」

「ああ。ただ出入り口も数ヶ所あるからな。そこからあやしい人物を見つけ出すのはさすがに難しい。客個人の出入りを確認するのは至難の業だな」

「なるほど。従業員入り口はありますか？」

「もちろんだ。スタッフは関係者出入り口から園内に入る。カードキーを使って出入りする仕組みだから、一般客は出入りできない。カードキーで勤怠管理もしているらしい。カメラもあるし、パーク内への入退記録はわかるが、園内では自由に動けるから、あまり意味はないな」

「となると、現場近くの監視カメラから、何とか犯人を見つけるしかないですね……」

そのとき、渡邉刑事のもとに、若い警察官がやってきて言った。

「この一帯は、普段は人が立入らない場所ということもあり、完全に防犯カメラの死角となっていました」

「こんなに奥まった場所じゃ、それも仕方ないな。わかった。もっと広範囲のカメラを調べてくれ」

警察官は、「わかりました」と敬礼すると、捜査に戻った。

渡邉刑事はお姉ちゃんの方を振り向くと、

「ここは防犯カメラの数も多く、死角となる場所がなくなるように、計算して設置されているようだ。たださすがに、普段人が立ち入らない場所までは監視していない」

お姉ちゃんは行き交う人々をながめながら、

「それにこの人の多さだと、監視カメラの撮影範囲内で何かあっても、派手な動きでもしないかぎり気付くのは大変ですね」

「そうなんだ。地道にやっていくしかない」

このまま捜査範囲を広げる他に手段はないが、大勢の人が行き交う中で、見落としがありうることも考えると、気の遠くなる作業になりそうだ。

その後、さらに監視カメラの範囲を広げて調べたが、あやしい人物は見つからなかったらしい……ひとりをのぞいて。

渡邉刑事が、頭をかきながら説明した。

「望月弟。お前が風船を追って、画面の外に出て行く様子が映っていたそうだ。ただお前の言っていた木に登っているところ、死体の元に駆けよっているところは、カメラの範囲外だから映っていない。つまり、その気になれば犯行は可能ってことだな。木に登って風船を取っている、お前の目撃情報が必要だ」

って、なるよね……。へたにフレームアウトしたせいで、逆に怪しまれてしまった。

「せっかくの監視カメラが機能してないんじゃ、しょうがないじゃない」

お姉ちゃんは不満そうだった。

「この配置をくぐり抜けるとは、相当なやり手ですね」

うさぎも辺りをきょろきょろした。セキュリティ専門家気取りか！

その後、いろいろとカメラの映像を調べていたら、現場から遠く離れた場所のカメラに、ひとりで歩いている被害者の女性が映っていたらしい。

女性は焦ったように、リュックの中をまさぐっていたようだ。もちろん、ただ探し物をしていただけかもしれない。だが、スリに遭ったと言われても、おかしくない様子だったそうだ。やはり、犯人は佐々木なのだろうか。

その後、被害者の姿はカメラから消えた。今、他のカメラにも必死で当たっているそうだ。

だけど少なくとも、現場近くのカメラの映像には、画面の外に出て死角に入り込むような人物はいなかった。

犯人らしき人物も、被害者の女性さえも、どこから現場に現れたのかわからないのだ。

6

「佐々木が頭からはなれないわ。どこかにいないか……」

　お姉ちゃんがあたりを見回す。

「佐々木があやしいのは間違いないの？」

　僕がきくと、

「あやしまないわけにはいかないわよ。刑事の勘ってやつよ」

「その佐々木は、人殺しとかしそうなやつなのか？」

「いや、そんな度胸の持ち主ではないわ。狙（ねら）った相手は意地でも逃さない、そういうしぶとさみたいなのはあるけどね。もし殺人なんてやらかしたなら許せないのよ。執行猶予（ゆうよ）中の再犯とか勘弁してほしいわ。それに……」

「それに？」

「あいつ、スった男の財布に浮気の証拠が入っていて、それを使って脅迫しようとしたことがあるの。同じように、脅迫とかしたのかもしれない」

　骨までしゃぶりつくす嫌らしさはあるようだ。

「脅迫したとき、佐々木は……？」

「逮捕されたわ、脅迫された男の方が。佐々木をぼこぼこにしてね。スリの技術は天才的だけど、ひょろひょろだからね。ま、あいつを見つけて話を聞くのが手っ取り早いわ」

「襲われたりとかしないですかね……」

背中のうさぎは、怖そうにしていた。

お姉ちゃんの勘が正しければ、佐々木を捕まえるのが先決だ。しかし僕とうさぎは、佐々木の顔を知らない。

「僕らは顔を見ていないから、探しようがないよ」

「前科持ちの悪人顔のやつよ」

「よくわからないって」

「うーん、とにかくそれっぽいやつよ。渡邉さん」

お姉ちゃんは渡邉刑事を呼び、佐々木のことを話した。

「……ということで、私たちは佐々木がいないか辺りを回ってみます」

渡邉刑事は首をかしげると、

「そんな小物が殺人をするとは思えないけどな。お前みたいなやりそうもないやつの方が、よっぽどあやしいんだよ。刑事の勘ってやつだ」

そう言って僕を指差した。お姉ちゃんはその指をさえぎり、

「勘で判断されては困ります」

さっきお姉ちゃんも、刑事の勘って言ってたような……。

「あいかわらず気が強いな。わかった、こっちは俺たちに任せろ」

現場は渡邉刑事に任せて、僕らは辺りを回ってみることにした。

「それで、いつまで後ろにひっついてるんだ？」

「うう……」

さっきからうさぎは、僕のブランケットをつかんで離れない。

たまに見せる頭脳の冴えはどこへやら、おびえるばかりだ。ちょっとかわいそうだなって思ったから、僕はうさぎの肩にポンッと手を置き、

「その、大丈夫だから心配するな」

正直くっつかれすぎても、ドキドキが続いてパニックなのだ。うさぎは僕を見上げ、

「迅人さん……ありがとうございます。うさぎのこと、好きなのですね」

「…………」

またやってしまった。ちょっと気を使えばすぐこれだ。

そのままにはできないし、優しくすれば妄想が飛躍するし、どうすればいいのだ。

「うさぎはショックを受けていました。でも迅人さんから、惜しみないやさしさを与えていただいた今……」

「誇張がすごい」

「落ち込んではいられません。もううさぎは大丈夫です！」

元気になったらしい。何だそりゃ。

「あ、いた！」

そのときお姉ちゃんが、人混みの中を指さした。

「佐々木！」

三十半ばくらいの男が、こちらを見るとあわてて逃げ出した。

「待てー！　佐々木！」

お姉ちゃんが走り出し、僕らもその後を追う。周りの人は、わけがわからず立ちすくむばかり。

しかししばらく走ったところで、

「あっ」

お姉ちゃんの足がもつれて、転んでしまった。僕が立ち上がらせようとすると、

「弥生さんはうさぎに任せて、迅人さんはあの人を！」

うさぎに言われたので、僕は、「わかった」と、佐々木を追いかけることにした。

「気を付けてくださいね！」

僕はひとりで走り出した。さっき情けないところを見せてしまった。僕も探偵だし、ここでちょっとは活躍しなくては。

だが運の悪いことに、すぐ先に宇宙飛行士のジラーがいて、人だかりができていた。

ぴったりした宇宙服に、金魚鉢をかぶったような透明のヘルメット姿が見える。

キャンディーを求める人混みをかきわけて、佐々木を追いかけた。

佐々木はここの地理に詳しいらしく、見通しが悪い場所や、あえて人が多いところに飛び込んで、うまく逃げていく。

でも、僕もあきらめずに追いかけていった。

必死に走っているせいか、突然体が軽くなった気がした。せっぱつまったとき、人は秘められた身体能力を発揮する……のだろうか？

よくわからないけど、その結果——

もうちょっと、というところまで追いついた。

気が付けば辺りは、密林が生い茂るジャングルエリア。しかも道路からはずれたところで、人は見当たらない。

よし、捕まえられそうだ。

すぐ目の前に、佐々木の後頭部が見える。手を伸ばそうとした途端、しかし。

佐々木が、くるっとこっちを振り向いた。

——うわっ、いかにも前科持ちの悪人顔！

感心すると同時に、視界いっぱいに広がる拳。

目から火花が飛び出るような、強い衝撃。

僕は思いっきりパンチをくらった。そしてそのまま、気を失ってしまった。

7

気が付いたら僕は、医務室らしき場所のベッドにいた。あわてて上半身を起こす。

「こ、ここは……？」

「うわーん、よかったですー！」

泣きながら、うさぎが抱きついてくる。それを呆然と、受け止める僕。

「よかった、気が付いたわね」

お姉ちゃんも安堵のため息をついた。

「佐々木のやつ、あんたを殴って園外に逃げていったわよ。そんなことしても、監視カメラでばればれだっつーの。渡邉さんたちが追ってるわ」

僕は顔を上げると、

「結局殺人も、あいつが犯人だったの？」

「はっきりとはわからないけど、現場近くのカメラに佐々木らしき人物が映っていたわ。あとは捕まえて、問い詰めてやるわ。追い詰められたとはいえ、非力なあいつが暴力に訴えるなんて珍しいし、やっぱり……」

人殺しでも、したのかもしれない。

「うぅ、うさぎは迅人さんをけしかけてしまいました……。もう迅人さんを危険な目には合わせません」

今日のうさぎは落ち込んでばかりだ。僕はうさぎに向かって言った。

「大丈夫だよ、気にしないでも」

ちょっと鼻が痛いくらいで、たいしたことなさそうだ。

「まあ、大けがじゃなくてよかったわ。あとは私の出番だわ。まかせといて」

ひとまず、お姉ちゃんもうさぎも安心したようだ。

そこに、うさぎが悲しそうに言った。

「迅人さん。迅人さんもブランケット落としちゃいましたね……。落とし物センターにも、ブランケットは届いてないそうです……」

「あっ、なくなってる」

さっきまで身にまとっていた、ブランケットがないことに気付く。

プライマルワールドが大好きなお姉ちゃんに、申し訳ないことをしてしまった。

警察官という多忙な職業を選んだこともあり、お姉ちゃんはせっかく買ったプライマルワールドの年パスを、ほとんど使えていないのだ。それもあって、年々グッズ収集に熱が入ってきているのも知っている。なくしてしまうなんて、とんでもないことだ。

「ごめんお姉ちゃん」

僕が謝ると、

「別にいいわよ。返り討ちで大けが負うよりは、ブランケットくらいどうってことないわ」

お姉ちゃんはそう言ってくれた。

だけど……。状況を把握するにつれて、気持ちが重くなる。何て情けないことだろう。

犯人を捕まえそこねた上に、返り討ちにあってしまうとは。

しかもお姉ちゃんが言ってたではないか、佐々木はひょろひょろだと。

僕はその非力な男に殴られたうえに、気を失ったのだ。

泣きそうになるのを必死でこらえた。

「くそ」

思わず声がもれた。そして室内に沈黙が訪れた。

「畜生！」

さらに僕は、両の拳を布団(ふとん)に叩きつける。みじめで無様でしょうがない。

お姉ちゃんは何も言わずに僕を見ている。

横のうさぎはあたふたしながら、

「どうしたんですか、迅人さん。痛みますか？　うさぎが何かしましょうか？　迅人さんの家に行って必要なもの持ってきましょうか？」

そもそも僕の家に入れるのがおかしい。

「怖かったですか？　大丈夫ですか？　歯は折れていないですか？　次の歯医者の予約は来週の土曜日ですけど、その前に歯医者さん予約しておきますか？」

なぜそこまで僕のスケジュールを知っているのだ！

「うさぎ。うるさいよ」

……あ、ヤバい。ちょっと強めに言ってしまった。室内がさらにピリつく。うさぎの顔も、一瞬凍った気がした。

「迅人。うさちゃんは心配してくれているのよ」

もっともだが、僕も引くに引けず意固地になり、

「わかってるよ。お姉ちゃんもうるさいよ」

自分が悪いのに、そう言ってしまった。

お姉ちゃんは、今度は呆れた意味でのため息をつくと、

「たかが一発殴られたぐらいで、何よ情けない。もっとしゃきっとしなさいよ」

僕はお姉ちゃんを見上げる。

さっきまで申し訳なさでいっぱいだったのに、今度は怒りを向けてしまう。

「何よその目は？」

お姉ちゃんも、いつもの怖い目になった。

姉弟げんかはいつもこんな感じで始まるのだが。

そこに、お姉ちゃんの携帯電話が鳴った。

お姉ちゃんは、不機嫌そうに小さくため息をつくと、電話に出た。

「はい、望月です。あ、渡邉さんですか。はい、はい……。そうですか、わかりました」

お姉ちゃんは電話を切ると、

「凶器の石に繊維が付着していたそうよ。調べてみたら、ジャック・オー・ランタンのパペット手袋の繊維だったって」

うさぎの体が、一瞬ピクッと動いた。

パペット手袋の繊維？　犯人はパペット手袋をはめていたのか？　となると……。

ゆっくり考えを巡らせたかったが、

「こうして捜査は進展しているというのに、どっかの誰かさんはうじうじするだけで、どうしようもないわね」

お姉ちゃんは僕に詰め寄るのをやめない。

僕もその言葉に、「うるさいな」と返し、再度お姉ちゃんをにらみつける。

そのとき——

「ままま、待ってください、弥生さん！」

うさぎが間に入って、ちっちゃい体で大きく大の字を作った。

「弥生さん、迅人さんを怒らないでください！　迅人さんはうさぎのために落ち込んでくれているのです！　うさぎと同じ気持ちになって悲しんでくれる、やさしい方なのです！」

うさぎは僕の方を向くと、

「そうですよね？　迅人さん、うさぎのために悲しんでくれたのですよね？」

「え……？」

　思わず聞き返す。

「そ、そうなの？」

　お姉ちゃんも同様。僕とお姉ちゃんのバチバチは、うさぎに対するはてなマークでかき消えた。これが計算ずくなら、うさぎは相当すごい。でも、たぶんそうじゃないのだろう。

「え？　何？　僕はうさぎのために悲しんだのか？」

　もう一度問いかける僕に、

「はい」

　うさぎは潤んだ目でうなずいた。どこから来るんだこの自信は！

　自分の気持ちは自分が一番知っているはずなのに、なぜか他人にきいてしまっている。

　うさぎは、悲しそうに宙を見上げ、

「うれしくて、しょうがないのです」

　目がますます潤み始めた。

「いやいや、何でだよ。何があったんだよ」

　また、変な話が始まりそうだ。

　でもそれとは別に、女の子が泣いているところなんて僕は慣れてない。だから、余計に戸惑ってしまう。

「迅人さん、うさぎのために、体を張って気を使ってくれたのですね」

「佐々木を追いかけたことか？　別に……」

「そこではないです」

うさぎは僕の話を止めた。

「また迅人さんは強がっています。なぜ迅人さんは目覚めたときに、くやしそうな顔をされたのか。うさぎが言いたいのはそこです」

「くやしいって、それは殴られたら誰だって……」

うさぎは僕にやさしい目で、

「そうではありません。迅人さんはうさぎのために、くやしがってくださったのです」

「な、なぜそんなことに……？」

この雲行きに、既視感あり。

うさぎは僕の方に一歩一歩近付いてくると、最後に僕を見上げた。

つやつやの髪。白い肌。大きくてまん丸な目。

か、かわいい……。それだけはみとめざるをえない。ドキドキしてしまう。

だがそこに、やはり。

胸の高鳴りをあらぬ方向へ持って行く、あの言葉。

「迅人さん、うさぎのこと好きなのですね」

8

「迅人さんは、うさぎが悲しい気持ちになることを心配してくれました。もち、その気持ちにうさぎは応（こた）えます。応えなくてはいけないのです」

ピリついた空気はどこかへ行った。お姉ちゃんも僕も、うさぎの話に興味津々（しんしん）だ。

「先に説明をしてくれ」

うさぎは椅子（いす）に座りなおし、

「それは、『迅人さんのうさぎへの気持ちを証明してほしい』という問いとイコールですが、それでもいいのですか？」

うーん、また勘違いされる……。けど、純粋に知りたいという気持ちもたしかだ。

「イコールでいいよ」

僕はそのドアを開けることを許可した。っていうか、許可なんてなくてもこじ開けてくるだろ！

「承知ですっ。うさぎは、そういう迅人さんのやさしいところが大好きです。いつでも迅人さんは笑っていてくださいね」

うさぎは目を細めて言った。荒れていた僕の気持ちが、少しやわらぐ。

そして、うさぎの話が始まった。

「それではまず、たった今入手した手がかりから考えます」

やっぱり！　また変なところから話が始まった。

「凶器の石にはジャック・オー・ランタンのパペット手袋の繊維が付いていました。となると犯人は、パペット手袋を持っていたことになります。このプライマルワールド内で、誰が持っているでしょうか？」

「ハロウィンキャンペーンでキャラクターは持っているだろ？　でもうさぎ、パペット手袋はおみやげ屋でも売っているんだぞ。それが手がかりになるのか？」

凶器に付いていたのは、販売品で誰でも買える手袋の繊維だ。そこから犯人にたどり着くのは難しいのではないだろうか。

「それがそうではないのです。この園内には、監視カメラがあちこちに設置されています。でもカメラは、園内のデザインに溶け込んでいて、すべてを探すのはおそらく無理です。うさぎも、七割程度しか見つけられていないと思います」

「それは十分すごいことじゃないのか」

しかし、うさぎはシュンとして、

「残りの三割の分、迅人さんのことを知れていないと思うとやるせないのです……」

「何を言っているんだ」

意味わからないし、三割くらいプライベートは守らせてほしい。

「犯行現場は完全にカメラの死角でした。ただ、いくら現場が死角でも、カメラの撮影範囲から外に出る、つまり死角に入り込むところは映っているはずです。でも、その映像さえもなかったんですよね？」

「そうみたいね」

お姉ちゃんが答えた。

「だとしたら、死角には、現場から遠く離れている場所から入ったはずです。おそらく犯人は被害者にも、死角になるように離れたところから来るよう伝えていたのでしょう。そして犯人もそこから、うまくカメラを避けて、犯行現場までたどり着いたのです。普通の人ではまずそんなことできません。うさぎもできて七割程度……」

「わかったから、七割がすごいってのは」

なぜこのタイミングで自慢をねじこむ！

「そこまでできるなら、犯人は完全にカメラのありかを把握していた人物、つまり園内のスタッフさんだと思われます」

「………！」

犯人は園内のスタッフだそうだ。当然僕ではなかったし、佐々木でもなかったのか？

「ということは……」

「はい。犯人はジャック・オー・ランタンのパペット手袋を持ち、なおかつカメラの死角を熟知しうる人間、つまりキャラクターに扮したスタッフさんの中にいるのです」

お姉ちゃんがうさぎに質問する。

「待って、うさちゃん。手当たり次第にパーク内の全カメラ映像を探せば、どこかに犯人は映ってているってこと？」

「はい。ただ、現場までずっと死角というわけではないですし、途中で死角ではない場所へと出ていった可能性もあります。また、たまたま複数のスタッフさんが死角に入っていったとしたら、犯人特定は難しいのです。だから、別の観点から考えます」

「カメラ以外からもわかることがあるのね」

「はい。ここで、もう一つ別の手がかりを検討させてください。現場には、二箇所地面に頭部をつけた跡がありました」

「そうだったわね」

鑑識の人が言っていた。死体のそばには、もう一つ倒れた跡があったと。

「つまり、犯人は一度倒れた被害者の頭部をもちあげ、動かしたと考えられます。なぜそんなことをしたのでしょう」

「何だろ、よくわからないな」

すっかりうさぎの話を聞くだけの僕だ。

「死体が倒れたままでは難しいことです。犯人は被害者の上半身から、何かを脱がせたと考えられないでしょうか」

「でも、被害者は普通に服を着てたぞ？　今日はあったかいから、コートを着ていたとも思えないし」

「被害者はリュックを背負っていました。上半身から何かを脱がせるとなると、リュックも一度取らなくてはいけません」

「脱がせた後、もう一度リュックを背負わせた？」

「もう一度背負わせる意味がないと思います」

「となると？」

「犯人は、一度もリュックを脱がせていないのです。つまり犯人が被害者から脱がせたものは、リュックを脱がせなくても取ることができたものとなります」

僕はひらめいた。

「わかった、帽子だ！」

しかし、うさぎは首を横に振り、

「いいえ、帽子でしたら、被害者の上半身を起き上がらせる必要はありません」

たしかにそうだ。帽子を脱がせるためなら、後頭部を少し持ち上げるだけで十分だ。

「じゃあ何だ？　そんなのあるのか？」

「あるのです、このプライマルワールドでなら」

——プライマルワールドでなら？　グッズか？

「迅人さんとうさぎも身に付けていました」

「僕とうさぎも……まさか！」

うさぎは、大きくうなずいた。

「そ、う、で、す、ブ、ラ、ン、ケ、ッ、ト、で、す」

ブランケットは一番上に羽織るから、リュックを降ろす必要はない。

そうだ。うさぎがカメラを出したときも、バッグはブランケットの下にあった。

「被害者のストッキングは伝線していました。迅人さんは知らないかもしれませんが、ストッキングはあるものに触れると、すぐ伝線してしまうのです」

「なるほど……」

お姉ちゃんはうなずく。何のことだかわかったらしい。

「マジックテープね」

「はい。やはり犯人は、ブランケットを脱がせて持ち去っているのです。何かしら、犯人を示す痕跡が残ったのかもしれないですね」

あんなびくびくしていたのに、ここまでわかったのか。早く話の続きを聞きたい。

「犯人はブランケットを持ち去りました。そして、再び死角をくぐり抜けて、遠く離れた場所のカメラに姿を現すことになります。ではここで考えたいのですが、犯人がパペット手袋をはめていたキャラクター以外のスタッフさんだったらどうでしょうか。ブランケットは落とし物として届けるしかありません。もし届けずに処分して、カメラに自分がブランケットを持っている姿を撮られたら、言い逃れできませんよね。つまり、ブランケットを持ち去った以上、後は届けるしかないのです」

「待ってくれ。キカネンの手下なら、袋を持っているぞ？」

「キカネンの手下は必ずペアで行動します。単独行動できません」

「なるほどな」

「でも、さっき言いましたが、今日はブランケットの落とし物はないそうです。やはり、犯人は一般のスタッフさんではありません。ジャック・オー・ランタンのパペット手袋をはめた、キャラクターに扮したスタッフさんです」

あの、かわいらしいキャラクターの中に犯人が？

「では、犯人がキャラクターだったらどうなるでしょうか。いくら犯行現場が死角だとしても、結局死角から外に出なくてはいけないのです。その際、ブランケットを持ったキャラクターというレアな光景を、お客さんにもカメラにもさらすことになります。それを見た人の記憶には、はっきり残るでしょう」

要するに犯人が誰であれ、ブランケットを持ち去れば、その様はカメラに映るのだ。

「犯人はそこを、どうやってくぐり抜けたのでしょうか。結局、カメラの視界に入る際には、ブランケットを隠しておくしか逃げる方法はないのです。でもあの大きいブランケットを隠すのは簡単ではありません」

そこにお姉ちゃんが、

「プリンならパニエを使っているから、スカートの中に隠せない？」

しかし、うさぎは首を振り、

「プリンもキカネンの手下と同様に、家来を引きつれています。単独行動ができません」

「じゃあ、犯行可能なキャラなんていないじゃないか」

「そんなことありませんよ、そんなことありません……」

突然、うさぎは悲しそうな表情になった。

「どうした？」

「迅人さん、うさぎのこと好きなのですね……。一緒に悲しんでくれる気持ちがうれしすぎて……」

うさぎは僕にしなだれかかった。

「迅人さんとうさぎは、心と心で通じ合っています」

「話を止めないでくれ」

「迅人、そんな言い方ないじゃない」

お姉ちゃんは何でそんな冷静なんだ。今犯人が明かされようとしているのに。

「うさちゃん……正直にね」

このふたりの関係、何なのだ。うさぎはお姉ちゃんに向かってうなずいた。

「もち、です。迅人さんは、ブランケットをはぎ取られた自身の姿を見て、こう思ったのです。『ああ、うさぎに悲しい気持ちを思い起こさせてしまった』と」

また、よくわからないことになってきた。

「な、何でそうなった？」

「迅人さんは、怖(おそ)れたのです。うさぎが自分と被害者の方を、同一視してしまうことを」

「どういうことだ？」

「うさぎはおバカさんなので、はしゃぎすぎてブランケットをなくしてしまいました。あやしい人物を追いかけてなくしてしまった迅人さんとは、わけがちがいます」

シュンとするうさぎ。

「そんなおバカさんにさえ、迅人さんはかわいそうだと思ってくださったのです。大事なものをなくしたうさぎにさえ」

「そんなことは……」

そう言ったものの、あのとき、うさぎを気の毒に感じたのはたしかだ。

でも別に、それがうさぎへの想(おも)いというわけではない。

だけど、そんな至極当然な理屈が通じないのがうさぎだった！　そこには戦慄(せんりつ)しかない。

そして、うさぎは何を言おうとしているのか。

「ブランケットを外に持ち出せるキャラクターが、ひとり？　一匹？　一体？　とにかくいます。ピーリィでしたら、着ぐるみの中にブランケットを隠して、殺害後に堂々とカメラの範囲内に戻れます。そして着ぐるみを着たまま、従業員出入り口を通り更衣室に入れば、あとはカバンやロッカーにしまえます。つまり、一切カメラにブランケットを映さずに外に持ち出せるのです。犯人はピーリィです」

――犯人はピーリィ。

このプライマルワールドで、唯一(ゆいいつ)着ぐるみのキャラだ。

たしかにブランケットを隠せそうなのは、ピーリィだけかもしれない。

いや、待て。宇宙飛行士のジラーのヘルメットならどうだ？

だが、すぐ思い直した。ジラーには無理だ。ジラーのヘルメットは、透明な部分が多くを占めている。中の人が何かかぶっていたら、すぐにわかってしまうだろう。

やはり、犯人はピーリィなのだ。

――もしや。

三人でピーリィと写真を撮ったとき、ピーリィの動きが妙にぎこちなかった。

あれは、ブランケットを中に羽織っていたからなのかもしれない。

話しかけられても、よく聞こえていないようだった。

フードをかぶって着ぐるみを着ていたから、耳が隠れていたのかもしれない。

あのとき出会ったピーリィの中の人が、もしや殺人犯――

「それはともかく、話を続けますね」

やっぱりこの展開か。犯人に関しては平気でスルーしてくる。

「犯人を捕まえるのが先じゃないのか」

「うさちゃん！」

お姉ちゃんがスマホを高くかかげる。

「そっちは任せておいて」

「弥生さん……ありがとうございます」

前回も思ったけど、お姉ちゃんこのくだり気に入ってないか？

うさぎは僕の目をじっと見つめた。

「それでは――本題です。大切なのは、迅人さんとうさぎのことだけなのです。そうですよね、弥生さん」

お姉ちゃんもうなずいた。だから、どういう間柄だ、このふたりは……。

「迅人さんは目覚めてすぐ真相を悟り、そして思ったのです。『ああ、うさぎが気付く！　犯人のピーリィがブランケットを持ち去ったことに気付いてしまう！　大好きなピーリィが犯人であること、うさぎ自身もさっきブランケットをなくしてしまったこと、これらを思い出し、再び悲しい気持ちになってしまう！　僕、望月迅人は朝比奈うさぎが好きだから、それを考えただけでつらい！』と」

「一瞬でそんな頭回らないよ！」

「そんなことありません」

緻密（ちみつ）に推理した後で、強引に人の気持ちを決めるこの落差は一体。

「だから迅人さんは、もたれ体質の自分を犠牲にしたのです。本当はとっくに真相に気付いていて、早く言いたかったのです。でもそうすると、ピーリィが犯人だという残酷な真実をうさぎに突きつけることになってしまう。だから言い出せなかったのですね」

「何から何まででたらめだ！」

「うさぎは、迅人さんのその気持ちがうれしくて……。だから大丈夫です。ブランケットをなくしてしまい、本当に申し訳なく思っています。大好きなピーリィが罪を犯すなんて、つらいです。でも迅人さんの優しさでうさぎは救われました。ありがとうございます。明日からも、生きていけます」

「別に何もなくても明日元気だろ」

うさぎは、僕の鼻先を指先でツンとして、

「いじっぱりな迅人さんも、うさぎはかわいいと思うのですっ」

「うっ……」

ドキッとして、何も言い返せない僕。すべてを見据えた感のある、うさぎの瞳。

僕はまたまた、いいようにあやつられるだけだった。

9

三日後。

お姉ちゃんが事務所にやってきた。

うさぎはいつのまにか事務所にいる。それに慣れてきている自分が怖い……。

「うさちゃんの言った通りだったわ。ピーリィの着ぐるみに入っていたアルバイトの男が逮捕されたわ。ったく、夢壊すようなことするなよ……」

一ファンとしても気分がよくないようだ。

「ほら、新聞にも載ってる」

　お姉ちゃんは新聞記事を見せてきた。

『遊園地で殺人
　アルバイトをしていたテーマパークで交際相手を殺害したとして、警視庁は石橋博樹（いしばしひろき）容疑者（二十四）を殺人の疑いで逮捕した』

「大切なサンクチュアリを汚しやがって、地獄の果てまで追い詰める」

　顔がいつにもまして怖い。相当追い詰めるつもりのようだ。

「私を怒らせた罪は重い。私は根に持つタイプだからな」

　よかった……。僕はたぶん根に『もたれる』タイプだから、この人が姉で本当によかった。犯人は身ぐるみはがれて、隠しごとのすべてを暴（あば）かれることだろう。

「そういやさ、犯人が持ち去ったブランケットは見つかったの？」

　僕がきくと、

「あの野郎、相当焦（あせ）ってたのか、速攻で焼却処分してやがった。でもうさちゃんの言う通り、殺害時に手をひっかかれて、血が付いたから持ち去ったそうよ」

「せっかくの魔法のブランケットなのにー」

　うさぎが肩を落とす。

「犯人と被害者はネット上で出会って、恋に落ちたらしいわ。ただ男の方はまだ詳しい個人情報を教えていなかった。外でこっそり会うくらいの関係だったみたいね。彼氏のアルバイト中に会うというのも、気持ちを熱くさせたみたい。被害者の家族も、彼氏の存在すら知らなかったわ。何も知らなかったって、相当悔やんでたわ」

　お姉ちゃんは目を伏せた。

「でもやがて温度差が出てきた。女の方は進展させていきたかったのに対して、男の方は徐々に冷めていった。それであの日……といった感じよ。最近こういうネット上での人のつながりによる犯罪、多いのよ。捜査しにくいったらないわ」

　うさぎは僕をじっと見つめると、

「その点うさぎと迅人さんは安心ですね。こうしてリアルに出会っていますし」

「そうだな……とはなるか！　また勝手に家入ってきてるし！　お姉ちゃん、何とかしてくれ！」

「嫌よ！　こんないい子、私がほっとかせないわよ。ねー、うさちゃん」

「もちです！」

　僕は話題を切り替えた。

「そういや、佐々木は捕まったのか？」

「いや、結局逃げられた。もしプライマルワールドに現れたら、すぐに連絡来るようにはしてあるけど、こうなったら当分は来ないかな……」

僕的には、何かと情けない続きの事件であった。

「それで迅人さん、ブランケット新しいの買ってきましたよ。もちろん迅人さんとうさぎの分の二枚です」

うさぎは両手にフード付きブランケットをかかげて、ひらひらさせた。

「もう買ったのか？」

「はい。プライマルワールド行ってきました」

「そこまでしなくてもいいのに」

「うさぎが行きたかったのだから大丈夫です！　迅人さんはこっちを使ってください」

うさぎは左手に持った方を僕に渡した。広げてみると、大きく文字が縫い込まれている。

「あれ、何か書いてあるぞ……げっ！」

そこに縫い込まれている文字は——『うさぎ命』。

「こんなの恥ずかしくて使えないって！　もしや、うさぎの持っている方には……」

「その通りです！」

うさぎは小さい体で、バッとブランケットを広げた。

そこにはこう縫い込まれている——『迅人命』。

しかもブランケットは両方とも、端に小さく、『調査のご依頼は望月迅人探偵事務所へ』とあり、事務所の住所まで縫ってある。宣伝するならこんな小さくちゃ意味ないだろ……って、別にここで宣伝する必要ない！

「お裁縫がんばりました！　これで万が一落としても大丈夫です！」

「別の意味で大丈夫じゃないぞ！」

「またプライマルワールド行きましょうね」

「このブランケットなしでな……。ったく、今回の事件についてはけっこう落ち込んでるんだからな」

「わかってますよ」

うさぎにはお見通しってことか。

「大丈夫ですよ、迅人さん。ファイトです。今これを見て思い出しました。迅人さんとうさぎが初めて出会ったときも、そうでしたよね」

ブランケットのお手製の刺繍を見ながら、うさぎは言った。

あのときのことか。やっぱり、まだ勘違いしている……。

「うさぎも落ち込んでいたのです。それを迅人さんが、好きという気持ちで包んでくれたおかげで、今こうして元気になりました。今度はうさぎが、迅人さんをはげます番です」

「勘違いを通り越して、ねつ造だな」

「思い出してみてください、ふたりの出会いの物語を」

うさぎは背中で手を組むと目を閉じた。

つんと顔を上げ、少しだけほほえむ。そのかわいらしさ。

そして僕も思い出した。うさぎと初めて会ったときのことを。

って、そんなロマンチックな出会いでもなかったような？
なのに、あの日からずーっと、うさぎは勘違いし続けているのだ。

3話　無駄に終わった密室

1

冬まっただ中の、二月のあの日。

あの朝、まだ僕は、朝比奈うさぎを知らなかった。


「またシマザキパン？」

「甘えるな」

寝ぼけ眼でリビングに入った僕に、クリームパンを食べるお姉ちゃんの厳しい声。

「持ってきてやっただけ、ありがたいでしょ」

父から引き継いだ事務所は、いつも閑古鳥。僕も毎日、お昼頃まで寝ているのが日課だ。

掃除も月に一回くらいしかしないから、よくお姉ちゃんに文句を言われている。

「クリームパンは私がもらったから、迅人はチョコパンね。お徳用だから数日分あるわ」

「サンキュー。でも何で最近このパン持ってきてくれるの？」

「ピーリィのお皿が当たるキャンペーン中だから。見つけたら片っ端から買ってるのよ」

シマザキパンは、前もプライマルワールドとコラボキャンペーンをやっていた。

「だからあんた当分、食事のことは気にしなくていいわよ」

「でもお姉ちゃん、あったかい朝ごはんぐらい作れなくていいの？　だってこの前好きになった男が……」

お姉ちゃんがこの間恋をした相手は、家庭的な女性がタイプだったらしい。

だからお姉ちゃんは料理を勉強する……はずだったが。

「それ以上言うな」

お姉ちゃんは僕をにらみつけ、

「私は生まれてこの方キッチンに立ったことないから、これからも立たない」

謎の宣言をされた。またうまくいかなかったようだ……。

「残念だったんだね。僕もお姉ちゃんの手料理が食べられると思ったのに」

僕が後ろに手を伸ばして体を曲げると、

「勝手に期待するな。それなら、料理できるストーカーにでも付きまとわれれば？」

何だその安直な提案は。そんな調子のいい話はありえない。

「それでさ、今日は何しに来たの？」

「そうそう、それよ。迅人、事件、いや事故現場についてきてくれない？」

「僕が？　また何で……」

「近所の民家で人が死んでいるのが発見されたの。しかも密室でね。あんた、そういうの得意でしょ？」

　いつ僕が得意になったのだろうか。

「今私もてんてこまいだし、さっさと片付けたいのよ。あんたさ、この間硬貨一枚で事件解決したじゃない」

　そういう言い方をすれば聞こえがいいけど、たいしたことではない。

　最近依頼を受けた事件で、現場に外国の銀貨が一枚落ちていた。たまたま僕の財布に同じ銀貨が入っていて、それが解決への糸口となった。ただそれだけのことだ。

「もちろんいいけどさ、僕が行っていいの？」

「協力者とか、適当なこと言っておけば大丈夫よ」

　まあ、ここにひとりでいるのも退屈だ。

　もういっそ、強引に事務所に入り込んでくる、図々しい彼女でもいればいいのに。

　ともかく僕も、事件現場へと向かうことにした。

「それでお姉ちゃん、昨日の合コンはどうだったの？」

「大はずれよ……ってあれ？　なぜそれを！」

　かまをかけたら、当たった。恋がうまくいかなくて合コン行って恋をして、またうまくいかなくて……の繰り返し。お姉ちゃんの忙しさの原因の一つは、合コンじゃないのか？

　でも、答えははっきりさせないでおこう。

「やっぱり。じゃあ、次こそはってことで、これあげるよ」

僕はお姉ちゃんに、ピーリィの飴（あめ）を投げた。お姉ちゃんはそれをパシッと受け取ると、

「こんな飴ぐらいで元気出るかよ！　でもサンキューね」

そう言って、うれしそうに飴玉を口に入れた。

するとお姉ちゃんは、両手をほっぺたに当てて目をつぶり、

「あまーい、おいしーい！　最高！」

しっかり元気出てるよね。それならよかった。

急いでチョコパンを食べ終えると、僕らは現場へ向かった。

後乗りで現場に行くなら、僕のもたれ体質にも、そう影響はないだろう。

2

事件現場は、国立市のはずれにある閑静な住宅街。

たどり着くと、すでにパトカーが何台も止まっていた。近所の住民が、好奇心に満ちた顔付きで集まっている。

現場はかなりの豪邸だった。門の向こうには、石畳が玄関まで続いている。立派な芝生の庭が豪邸をとり囲んでいた。

僕は門の脇（わき）の表札に目をやった。

――『稲葉（いなば）』。

僕らはロープをくぐって敷地内に入る。

邸内に入ると広々とした玄関に、若い警察官がひとり立っていた。

「こちらです」

警察官は玄関をあがって、左に手を向けた。ドアは取り外されていて、中から物を動かす音や、写真を撮る音が聞こえてくる。

僕は室内をのぞき込むと、息を呑んだ。

部屋の真ん中で、男が首を吊っている。

身長は高い。僕と同じくらいで、百八十センチはあるだろう。肥満体だ。

また、死体からややずれてガラス製のローテーブルがある。これを踏み台にして首にロープをかけ、蹴って足場をなくすことで宙吊りになったようだ。

テーブルは部屋の中心から奥にずれた場所にあり、壁ぎわにある棚にかなり近接していた。そのため、部屋の真ん中に変なスペースが空いている。ちなみにテーブルから向かって左の壁には窓があり、また壁ぎわにはベッドが置いてあった。

「これ、テーブルをずらしてない？」

そうとしか思えない。お姉ちゃんと僕の見解は一致した。

テーブルの天板は、ガラスを二枚重ねた構造となっていて、間に日本地図や写真がいろいろ挟んであった。写真は古い家族写真で、ここの一家のものだろう。またテーブルの上では、鉄製の重そうな灰皿が、なぜかひっくり返して置いてあった。

「この灰皿、何で逆さまになっているのかしら」

お姉ちゃんも不思議そうだ。灰皿はよくある丸い形で、タバコを置く切り込み穴が二つある。

そして灰皿の脇には、この部屋のものと思われる鍵が置いてあった。古い鍵で、持ち手に穴が一つ空いている。

「現場は密室だったそうね。これが部屋の鍵かしら」

お姉ちゃんの質問に、現場検証をしていた警察官が、

「はい。この部屋のドアは、外側からも内側からも施錠に鍵が必要なタイプです。死体発見時、ドアの鍵はここにありました。また部屋の窓は建て付けが悪く、ほとんど開かないです。以前はクレセント錠があったようですが、何かの拍子に取れてそのままのようですね」

サッシの部分にはネジ穴のような跡がある。この窓を施錠することはできないが、開かないから必要ないということか。

お姉ちゃんは窓を開けてみようとするが、うまくいかない。

「たしかに……開かないわね」
二、三センチ程度しか開かない。すき間から鍵を室内に入れることはできるが、テーブルは窓から離れた場所にある。場所的に、テーブルの上に置くのは厳しそうだ。
「オッケー。鍵が室内にあったなら自殺の可能性もあるけど、遺書はあった？」

「遺書は見つかっておりません」

「部屋の合鍵は？」

「特殊な鍵のため、複製を作ることは不可能です」

「なるほどね。やっぱり自殺かな……」

　お姉ちゃんは一通り部屋を見回し、

「見てあれ、すごい数の人形ね」

　と、壁ぎわにある棚を指さした。そこには小さな人形がたくさん飾られている。ガラス細工とコルク細工のようだ。動物や建物、変わったところだと弓矢のような武器や植物などもあって、全部で五十体近くは並んでいる。

　そのまま棚の下、じゅうたんの敷かれた床を見ていると、何体か人形が落ちていた。象やヒマワリ、インディアンなどのコルク人形だ。ちょうどテーブルと同じ高さの段にあった人形のようで、そこの段だけ、人形がぐちゃぐちゃに倒れたりしている。

「首を吊ったときに苦しくなって、足をばたつかせたのかな」

「足は届かないことも……ないか。ただ、誰かと争った際に棚にぶつかった可能性もあるわ」

「その場合は他殺ということになるけど」

　男性は、天井の照明にひっかけられたロープで首を吊っている。

「男性の身元は？」

お姉ちゃんの質問に警察官が答えた。

「この家の主、稲葉兵部です。歳は六十五歳。元々は建築士だったそうですが、今は不動産業を営んでいます。この部屋も兵部の部屋です」

「第一発見者は？」

「この家の使用人、恩田英治です。兵部がいつまでも起きてこないうえに、ドアにも鍵がかかっていたため、庭に回り込んで窓から室内をのぞき込んだそうです。そうしたら、ということでした。警察到着後、ドアを壊して室内に入っています」

お姉ちゃんは、もう一度現場を一通りながめると、

「話を聞いた限りでは、自殺の可能性が高そうね。遺書がないのも珍しくはないし」

「うーん……」

しかし、僕には引っかかるところがあった。

「どうしたのよ」と、お姉ちゃん。

「たしかに鍵が室内にあったことだし、自殺かもしれない。でも何で、テーブルを踏み台代わりにしたんだ？　テーブルを踏み台代わりにして宙にジャンプするなら、椅子みたいに蹴り飛ばせるものを持ってきて使った方が自然だよ」

お姉ちゃんは少し考えると、

「そっか。宙にぶら下がっても、テーブルに足が着いちゃうかもしれないしね」

「それにさ、テーブルのガラス板に家族写真があった。これは僕の考えだけどさ、普段か

ら家族写真を飾る人が、それを踏んで首なんて吊るかな？」

「そうね。そう言われるとあやしいわ。写真を踏んで首を吊るわけない……か。繊細な迅人くんならではの視点ね」

「やめろよ」

いきなり『くん』付けか。気恥ずかしくて、僕はお姉ちゃんを手で払う仕草をした。

とはいえ、なかなか出だしは好調じゃないか。この調子で捜査に協力していけば、事件は案外早く片付くかもしれないし、僕も怪しまれたりしないですむ。

「ということで、僕は他殺だと思う。そして多少の不自然さには目をつむってテーブルを踏み台に見せかけたのにも、理由があると思う」

「理由か。考えられるのは、やっぱ密室かしらね」

「うん。そうだね」

「でも今の推理だけで、他殺と決めるわけにはいかないわ」

「すいません、よろしいですか」

そのとき、死体を調べていた鑑識員が、声をかけてきた。

「死体の首の索条痕(さくじょうこん)が、通常の首吊り死体より水平に近いです。首を吊ったのであれば、もっと斜めに残るはずです。首吊りは、偽装の可能性が高いです」

お姉ちゃんと僕は顔を見合わせた。

「どうやら、他殺みたいね」

僕はうなずいた。犯人は詰めが甘かったようだ。

もっともこの後、詰めの甘さがこんなものではなかったことを、僕らは知ることになるのだが。


警察官が、お姉ちゃんに説明する。

「当時、邸内には六人いました。居間に集めてあります」

邸内での事件である以上、この六人が有力な容疑者と言っていいだろう。

僕とお姉ちゃんは居間へ向かった。

居間のドアは閉まっていたので、お姉ちゃんが開くのかと思ったら、

「迅人、ここから中を見て。容疑者それぞれについて、先に説明しておくわ」

そう言って、ドアに付いた窓からこっそり室内をのぞくよう、僕を促した。

「まず左のソファでふんぞりかえっているのが稲葉朝二(ちょうじ)。被害者の次男で、この家に同居してるわ」

居間の中央にあるテーブルの左右にはソファがあり、左側のソファには父親と同じように太った、三十歳くらいの男が座っていた。

「三十歳で同居は、まあ今時めずらしくないか……」

「ただ朝二は定職に就かず、毎日家でごろごろしているそうよ。父親との仲もあまりよくなかったみたいね。言い争う声がよく外に響いていたみたい」

　次にお姉ちゃんは、右側のソファに腕を組んで座っている、やせた顔立ちの男性を指した。

「そしてあれが朝二の弟、亮三ね。似ていないけど、実の兄弟よ。亮三はここの近くでひとり暮らしをしていて、市内の百貨店に勤めているわ。こっちは親子の関係はよく、昨日から遊びに来ていたみたい」

「ちょっと待って、朝二と亮三ってことは？」

「そうよ、朝二と亮三には兄がいて、名前は侯一。二ヶ月前までこの家に住んでいたんだけど、兵部と反目して家を出ているわ。それなりに稼ぎがあってお金には困ってないのをいいことに、半ば衝動的に家を出たようね」

　次にお姉ちゃんが指したのは、部屋の奥でおろおろしている女性だった。

「あれは兵部の妻、奈々枝。完全に仮面夫婦だけど、憎みあうほどではなかったようね。ただし兵部の死によって、遺産を一番多く受け取ることになるのは奈々枝だわ」

　最後にお姉ちゃんが指を向けたのは、部屋のすみで微動だにせず立っている男性だ。かなり小柄な上に、こんな状況に巻き込まれたからだろう、うつむいて縮こまっている。

「あそこで小さくなっているのが、昨日ここに来たばかりの梶佑多。侯一が働こうとしない朝二のために雇ったカウンセラーよ。本当なら、二週間前からここに通う予定だったみたいだけど」

「それが何で昨日からに？」

「朝二がだいぶごねたらしいわ、カウンセラーなんていらないって」

「大変だね、呼ばれたから行くことになったのに。そんなことになって、おまけに事件にまで巻き込まれたってわけか」

「本当ね。うちは立派な弟でよかったわ」

……絶対、嫌みだろ。お姉ちゃんは何食わぬ顔で、

「それで今は部屋にいないけど、あと二人いるわ。第一発見者でこの家の使用人、恩田英治。もう三十年近く稲葉家に仕えているそうよ。特段動機はなさそうだけど、長くここにいる分、思わぬことを知っていたりするかもね。そして最後。受験のために短期でこの家に居候(いそうろう)している、稲葉家の親戚(しんせき)の高校三年生ね。ちょうど今は結果待ちの状況みたいよ。名前は――朝比奈うさぎ」

今お姉ちゃんが説明した中に、犯人がいるのだろうか。

3

稲葉家の居間には、今回の事件の容疑者が集まっていた。

まとめて話を聞くというので、僕もそこに参加させてもらう。

部屋に入ろうとすると、反対側から初老の男性がやってきた。困り果てた様子で、どこかに電話をかけている。

「はい、申し訳ございません。本日からの宿泊はキャンセルでお願いします。はい、はい……」

　おそらく使用人の恩田英治さんだ。恩田さんは電話を切ると、僕らに頭を下げ、

「申し訳ございません。兵部様は本日から仕事で関西方面に長期滞在の予定でしたので、いろいろ手続きがありまして」

　顔が疲れ果てている。取引先や宿泊先など、あちこちに電話をかけているのだろう。

　僕らは恩田さんと一緒に部屋に入った。

　そこは、殺伐とした空気がたちこめてピリついていた。

「さっさとしろよ、何の用だよ」

　僕らを目にすると、朝二さんがけんか腰で文句を言ってきた。

「兄さん、そんな態度ないじゃないか」

　それをなだめる亮三さん。ふたりとも、父親と一緒で背が高い。

　奈々枝さんは変わらずおろおろし、梶さんはそんな家族模様を見て見ぬふりをしている。

「みなさん、すいません」

　お姉ちゃんが頭を下げた。

「早くしてくれよな。面倒なことに巻き込まないでくれ」

　朝二さんがお姉ちゃんに詰め寄った。

「でしたら、素早い解決に向けてご協力お願いしますね」

パシッと言い切るお姉ちゃん。さすが、厄介そうな人物の扱いには慣れている。

「まずお聞きしたいのですが、兵部さんが殺される心当たりはありますでしょうか？　自殺と他殺、両方の面から捜査を進めます」

亮三さんがおどろいて、

「えっ、自殺じゃないんですか？　でしたら朝二兄さんがあやしいです。候一兄さんも朝二兄さんも、父さんの言うことなんか全く聞かず、反抗してばかりだったんですから」

「てめえ」

朝二さんが亮三さんに殴りかかるのを、お姉ちゃんは止めた。

亮三さんは父親との関係は悪くないようだったが、兄弟仲は悪いようだ。奈々枝さんと恩田さんは黙るばかりだし、梶さんは困惑を隠せない。

死亡推定時刻は深夜のため、誰もアリバイはない。

「ところでさっきからいるお前は誰だよ？」

朝二さんが僕をにらみつけた。

「警察でもなさそうだし、何で部外者がまぎれ込んでいるんだ？」

「彼は私の弟で、探偵です。事件の解決に協力してもらっています」

お姉ちゃんがそう言った途端、まちがいなく室内の空気が重くなった。住人たちが僕に対して向ける視線がけわしくなる。朝二さんはますます不機嫌そうな顔で、

「探偵？　そんなあやしいやつ連れてくるなよ。親父（おやじ）が死んでた部屋にも入ったのか？」

「はい、見てもらっていますが」

「ダメだろ、警察官がそんなことしちゃ。探偵って、警察の捜査に対する知識があるんだろ？　そんなやつが現場に入ったら、自分に都合のいいように証拠を処分できるじゃないか」

僕は目を閉じてうつむいた。

うーん、また疑惑をもたれた。

事件発生後に現場に来たわけだし、僕の容疑が固まることはない……と思う。

とはいえ、こういう柄の悪いやつに絡まれるのは、それなりに精神力を消耗するのだ。

お姉ちゃんは半ば呆れ気味に、

「私が呼ばなければ、今日彼はここに来ていません。それなのに、後から現場に入って証拠隠滅をすることを考えていたとは思えませんが」

「そうだけど、何かそいつ怪しそうなんだよ」

朝二さんは悔しそうに、捨て台詞を吐いた。

怪しそう……だってさ。直感的に疑われるのも、なかなかつらい。

お姉ちゃんが話題を変えた。

「それより、もうひとり女の子がいると聞きましたが。親戚の子が」

「あれ？　どこ行ったんだ？」

警察官が部屋を見回すと、

「──あ、うん。うさぎは大丈夫だから安心してね。許してもらえたら帰るよ」

　女の子の声が、部屋の外から聞こえてきた。

　そして「うん、はい」と電話をきるような返事の後、

「あ、こ、こんにちは……」

　入口からひょっこり女の子が顔を出したのだが、正直──少し不気味に見えてしまった。何て言うか、呪(のろ)いの日本人形のようだ。

　女の子はスマホを手に持ったまま、部屋に入ってきた。

　分厚いメガネをかけているのはわかるが、それもほぼ前髪で隠れ、さらにネイビーと赤のストライプのニット帽を深くかぶっている。表情がほとんど見えないと、それだけであやしく見えてしまう。この子が容疑者の最後のひとり、朝比奈うさぎさんだろうか。

　女の子が焦(あせ)りがちに歩くと、スマホのストラップが揺れた。ストラップは珍しい毛糸状のものだ。手作りかもしれない。

　女の子は室内をきょろきょろして、

「す、すいません。家に……電話をしていまして」

　と、ペコリとお辞儀をした。こうして本人を見ると、高校生というより中学生だ。

「あなたが朝比奈うさぎさんね」

　お姉ちゃんが尋ねると、女の子はうなずいた。

「事件について、何か気が付いたこととかありますか?」

首を振った後、朝比奈さんは悲しそうな顔で、

「兵部おじさんは、うさぎが小さいときから優しくしてくれました。ママも兵部おじさんのことは信頼していました。だから、この家にお泊まりするのも許してくれたのです。今日からはお仕事で家にいないので、お電話で受験結果をご報告するつもりでしたのに……」

少し気の毒になり、視線を向けていると、

――クイッ。

いきなり朝比奈さんの首が動いて、僕と目が合った。

僕を不思議そうに見ている。そして少し首をかしげると同時に、口を開いた。

何か言うのだろうか。そう思ったけど、言葉は何も出てこない。

そしてそのまま、朝比奈さんは恥ずかしそうにうつむいた。

たまたま口が開いただけか？　それとも何か言いかけたのか？

分厚いメガネと長い前髪のすき間から見つめられるのは、少し怖かった。

その後、僕とお姉ちゃんは現場周辺を見てみることにした。

庭から見てみようと、外から回り込んでみる。十メートル四方ほどの庭は、芝生がきれいに整えられていた。

現場の窓に近付き、お姉ちゃんが開けようとするが、全然開かない。

「無理そうね」

ここから見ると、テーブルは、窓から離れた場所にあった。

多少すき間が開くとはいえ、ここからテーブルの上に鍵を置くのは不可能だ。

「お姉ちゃんの言うとおりだね。ここから鍵は乗せられない」

「でしょ？　部屋のドアには鍵がかかっていて、窓からも出入りは不可能。でも何で犯人は密室にしたのかしら？」

「単に死体発見を遅らせるためだったのか、それとも別の理由があるのかな」

その後も色々試したけど、まったくうまくいかない。結局あきらめて、今日は引き上げることにした。

時刻は午後六時。今の時期はとっくに暗い。

玄関の方へ歩いていくと、玄関ライトの光で浮かび上がった朝比奈さんが、石畳をぴょんぴょん跳んでいる。

本当に春から大学生か？　足下がおぼつかないな。そう思っていたら案の定――

「きゃっ」

朝比奈さんが思いっきり転んだ。その拍子に、かけていたメガネとかぶっていた帽子を落としてしまったようだ。カチャンと音がした。

まずは朝比奈さんを起こしてあげよう。あわてて近寄り、手を差し伸べる。

「大丈夫？　けがはない？」

「はい、大丈夫です……」

朝比奈さんは僕の手を取り、起き上がった。手のぬくもりが伝わってくる。僕はメガネとニット帽を拾い、

「はい、これ落ちたよ――」

と、朝比奈さんに向かって手を伸ばしたそのとき。

ふいに、ひゅーっと一陣の風が吹いた。

朝比奈さんの前髪がめくれて、一瞬だけ素顔が露わになる。

「………！」

もう一度、カチャンと音が響いた。

ひどいことに、僕は手に取ったメガネとニット帽を、落としてしまっていた。

気付いたのだ、とんでもない真実に。

ついさっきまで、僕は朝比奈さんのイメージを形容するのに、ひどく失礼な言い方をしていた――呪いの日本人形。

まったくそんなことない。まちがっていたのは僕だって、今ははっきりと言える。

どうだろう、今一瞬だけ見えた、朝比奈さんの素顔は。

長すぎる前髪。分厚すぎるメガネ。

それらを全部のけた朝比奈さんは、とんでもない美少女じゃないか。

舞い上がりたい気持ちを超えて、もはや畏怖（いふ）。

ま、まずいぞ。こんな至近距離は困る。

とりあえず落ち着け、僕。まずはこの位置関係を正すんだ。

あわてて離れると、もう一度メガネと帽子を拾い、今度はちゃんと渡した。

「ごめん、二回落としちゃった」

「大丈夫です。ありがとうございます」

朝比奈さんは深くお辞儀した。その瞬間、僕はハッと口を手に当てて、

「ごめん！　今受験でこの家に来てるんだよね。落ちたとか、何回も言っちゃった」

もう僕はしっちゃかめっちゃか！　朝比奈さんはポカンとしていたが、すぐに手をふり、

「そんな、そんな。気にしないでください」

「帽子とメガネは大丈夫？」

無理矢理話題を変えようとする情けなさ。強引すぎて不自然だし。

「あ、大丈夫ですよ」

朝比奈さんはメガネをかけ、帽子のほこりをぱんぱん払うと、またかぶり直した。前髪が目元を覆い、再び朝比奈さんの素顔が見えなくなる。

そこで僕は気付いた。

「あ、帽子、少しほつれちゃったよね？」

ニット帽の糸が、一部びろんと出ている。

「あ、それは最初からです」

「最初から？　ならよかった……って、別によくはないか。ほつれてない方がいいか」

自分で自分につっこんだ僕が面白かったのか、朝比奈さんは笑顔を見せて、

「じ、自分で直すから大丈夫です」

「そういえば、受験の結果待ちなんだよね？　合格してるといいね」

僕の言葉に、朝比奈さんはまたお辞儀した。

「はい、ありがとうございます。それじゃあ失礼します」

「あ、うん」

僕も立ち去ろうとしたけど、

「えっと、あの、待ってください」

朝比奈さんに止められた。ちょっと真剣な顔付きだ。

「ん？」

「あ、あの、お名前を……」

「僕？　望月迅人っていいます」

「望月……迅人さんですね」

朝比奈さんは首をかたむけて笑った。前髪がさらさら揺れて、メガネの奥の瞳（ひとみ）がのぞく。

うん、やっぱり。とんでもないポテンシャルだ。って、ポテンシャルを判断できるほどの人間じゃないだろ僕は。まぶしくて、うっかり顔を背けてしまいそうになる。

でも、何だかもったいないなと思った。

メガネをはずして前髪をあげれば、あっという間にモテモテになりそうなのに。

もっとも、あと数ヶ月もすれば大学生だ。好きな人でもできて、別人のように変化するかもしれない。

——まあそんな話、僕には関係ないか。

4

翌日。僕はお姉ちゃんの要請を受け、再び現場に同行した。

……と言えば聞こえがいいが、要は相変わらずひまなのだ。

また庭側から現場を見てみるが、昨日と変わらず、窓の奥に室内の様子が見えるだけだ。

「手がかりの一つでも見つかればいいんだけど」

結局昨日は捜査が進まず、お姉ちゃんも困っているようだ。

「どうにかならないの、探偵さんは。この間は、硬貨一枚で事件解決したじゃない」

「だからあれはまぐれだって……」

何回説明すれば気が済むのか。

「これが役に立っただけだよ」

財布の銀貨を、ちらっとお姉ちゃんに見せた。たいそうなことではないし、ほんの一瞬だけ、ちらっと。

そのとき、気付いた。庭には多くの捜査官がいるが、その中に幽霊のように黙って立っている女の子がいる。

――いた！　朝比奈さんだ。

「あ、ああ、あの……こんにちは」

僕らに気付くと、朝比奈さんは近付いてきた。

「迅人さん、昨日はありがとうございました」

朝比奈さんはまた、丁寧にお辞儀してきた。

今日も分厚いメガネをかけて、髪の毛をおろしている。表情がまったく見えない。

「気にしないでください」

もっと自然にすればいいのに、僕も声がうわずっていたようだ。昨日、実はかわいいことに気付いたことで、意識してしまっているのかもしれない。

お姉ちゃんが、楽しそうな視線を向けてくる。

僕のかすかな気持ちの変化に勘づかれた証拠だった。こういうときの鋭さが、捜査一課の若きホープたるゆえんか。

朝比奈さんは大きくお辞儀をして去っていった。

「何というわかりやすい……」

お姉ちゃんが呆れ気味に言う。

「ぼ、僕が？」

朝比奈さんのかわいさに少しやられているのがバレたのか。

「それもそうだけど、わかりやすいのはふたりともよ」

「えっ？」

「絶対にあの子、迅人のこと気になっているわ」

「そ、そうなのか……？」

お姉ちゃんは笑いながら、

「容疑者との恋とか、ろくなもんじゃないわね。でも無事解決したときに、あの子が犯人じゃなかったら……狙えるかもよ」

お姉ちゃんはひじで僕を小突いた。

「べ、別に僕はそんなこと……」

虚勢を張るのが精一杯だった。


話していると、朝比奈さんが緊張した様子で僕らの方に戻ってきた。少し前屈みで、手足をまっすぐ伸ばしたままスタスタと急ぎ足で。

「あ、あの……」

「どうしたの？」

「うさぎも捜査のお手伝いをしたいのです」

メガネの奥の目は本気だった――と言いたいが、前髪で全部隠れていてわからない。

でも言葉の調子で、本気度は十分に伝わってきた。

「兵部おじさんの敵をとりたいのです。受験の間は都心に近いところで暮らした方がいいと、部屋を貸してくださったのです。ひさしぶりに会えましたが、ガラスとコルクの人形のこととかも、楽しそうに話してらっしゃいました。でも……」

「でも？」

「前に聞いたことがありました。兵部おじさんは、子育てがうまくいかなかったと、ずっと悔やんでいたそうなのです。優しい兵部おじさんでもそんなことになるのかと、そのときうさぎは不思議だったし、かわいそうだと思いました。そして結局、最後はこんなことに……」

やるせなさそうに、肩を落とす。そこにお姉ちゃんがきいた。

「ところで気になってたんだけど、朝比奈さんは兵部さん以外の家族とは面識あったの？」

「小さいころにちょっと会っただけだったので、ほとんど覚えていませんでした。兵部おじさんはママのお兄さんということもあって、たまに遊びに来てくれたのですが」

「家族同士で会ったりとか、なかったの？」

「はい……。すいません」

「そんな、謝らなくても大丈夫だよ」

家族のことはいろいろだ。

「わかったわ、朝比奈さん。気付いたことがあったら、いつでも言ってね」

「はい。えっと、それと朝比奈さんじゃなくて、うさぎって呼んでください」

「ん？　名前の方がいいの？」

そういうことを言われたのは、あまりないような気がする。

「普段から下の名前で呼ばれてるので、朝比奈って呼ばれても一瞬誰だかわからなくなっちゃうんです」

するとお姉ちゃんが僕の方を振り向き、

「だってさ。ちゃんと下の名前で呼んであげてよ」

「ま、まあわかった。じゃあ慣れたらそうするよ」

「早く慣れてくださいね」

うさぎは笑った。

——うっかり、とんだ約束をしてしまった。

僕みたいに女性に縁のない人間にとって、下の名前で呼ぶというハードルは見上げるほどに高い。できるのか、僕は。できる気がしないぞ、僕は。

まずは心の中でだけ、呼ぶようにしてみよう。

……うさぎ。

口には出していないのに、頭がぐるぐるするほど恥ずかしい。

「あれ、迅人、なんだか顔赤くない？」

お姉ちゃんに気付かれた。早く慣れないと……！


捜査員の聴取に応じるため、うさぎが一回離れると、お姉ちゃんが僕に言った。

「勘だけど、あの子は犯人じゃないわ。役立ちそうだったら手伝ってもらいなさい。迅人の方ばかり見ているし」

僕も気付いていた。朝比奈さ……じゃなくてうさぎは、僕の顔ばかり見ていたのだ。

お姉ちゃんは意地悪そうに笑い、

「気に入られてるわねー。あの子何気にかわいいし、やっぱ付き合えば？　あんた、顔はいいのに性格が残念すぎるのよ。あと、すぐに胃もたれして青ざめてるし。もっと男らしく、がっつり食べなさいよ」

「それはしょうがないだろ、そういう体質なんだから」

「もたれ体質なら、もっと好感ももたれろよなー。とにかく、こういう機会を絶対に逃すな」

ひとまず「わかった」とお姉ちゃんに返事をする。

そこに、うさぎが戻ってきたので、僕はあらためて頼んだ。

「それじゃあさ、何かあったら話を聞かせてもらうよ」

「ありがとうございます。それではまず最初に……お弁当をご用意しました」

何だろう、その独特な捜査協力は。

うさぎは僕らを庭へ案内した。するとガーデンテーブルには、おいしそうな料理が並んでいる。

「よかったら食べてください……」

料理はすべて、ピクニック用のお弁当箱に入っている。

底の深いお弁当箱の中には、四角くカットされたフレンチトースト。そこにお子様ランチによくある旗が刺さっている。別の箱には、ハンバーグに目玉焼き。色味も工夫して視覚的にもおいしそうなサラダ。インスタ映え抜群といったところだ。

「ねえ、朝比奈さん、私も食べていいのかな？」

「もちろん、です」

うさぎは、こくりとうなずいた。

お姉ちゃんは「いただきまーす」と料理に手を出した。するとおどろいた顔で、

「お、おいしいっ！　迅人も早く食べなさいよ！」

お姉ちゃんが興奮しているものだから、僕もいただく。

「うまい……」

こんなにおいしいの、ひさしぶりに食べた。

こっそりお姉ちゃんに言われる。

「絶対に迅人のことが気に入ってるのよ」

「そんなわけないだろ……」

「不器用でいじらしいわねー。あー、おいしかった！　ごちそうさまでした！」

お姉ちゃんがうさぎにお礼を言った。


お弁当を食べた後、僕ら三人は再び庭を調べることにした。

「あれ、迅人。ポケットから出ているの何？」

「ん？　ああ、これ」

僕はジーンズの後ろポケットに手を入れた。

入っているのは、さっきフレンチトーストに刺さっていた旗だ。

「いや、朝比奈さんのお弁当に入ってたやつだし。捨てるのも悪いかなと思って……」

頭をかいて説明する僕。どこかの国旗のようで、かわいい旗だし取っておいたのだ。

「そんな、捨てていいですよ……」

「どうでもいいところにやさしさを注ぐわね」

うさぎもお姉ちゃんも呆れつつ、笑っていた。

「迅人さんは、とてもやさしいのですね……」

そう言ったうさぎは、うつむき加減だが笑顔だった。

「そんなことより捜査だよ」

恥ずかしさを隠すために窓の方へと近付いたが、そのとき、ポケットからはみ出ていた旗が、風に吹かれて飛んだ。

「あっ」

取ろうとしたがつかめず、旗はふわふわと飛んでいく。あわてて追いかけると、旗は軒下のすみに入り込んでいった。

軒下は暗くてよく見えないが、僕は身をかがめると、思いっきり手を伸ばしてみた。

「おっ？」

手の先に、何か紙が触れたのがわかる。

「よし、取れたぞ」

しかし、軒下から腕を引いた僕の手に握られていたのは——旗ではなく、別の紙だった。

「何だこれ？」

二つ折りになったその紙を開く。そこには、文章が印字されていた。

「…………こ、これは！」

絶句して、「お姉ちゃん！」と、急いで戻った。

「何よそんな焦って。旗はちゃんと取れたの？」

「そんなことより、これを！」

僕はお姉ちゃんに、偶然ひろったその紙を見せた。

「ん？　これがどうした……って、は、はぁ？」

その紙を見たお姉ちゃんは、僕以上に絶句していた。

うさぎもその紙を見たが、よくわからないようで目をパチパチさせている。

紙を手に持ったお姉ちゃんは、思わず叫んでいた。

「あんた、これどこで？ この紙、トリックを説明したメモじゃない！」

5

僕の手に入ってきたメモは、こんな内容だった。

メモは横書きでA4サイズ、上部に破った跡がある。

そして誰が読んでもわかるように、内容は完全にトリックの説明だ。

「犯人はどんな気持ちかしらね。メモを落としたこと気付いてるのかな」

「頭、抱えているかもね」

お姉ちゃんも僕も余裕が出てきた。これさえあれば、事件解決は遠くないと思ったのだ。

そんな僕らを見てうさぎは、

「うさぎにはよくわかりません。おふたりはこれだけで、犯人がわかるのですか……」

「それはこれから次第だけどね」

お姉ちゃんが答えると、

「すごいです……」

うさぎは心底ビックリしているようだ。

そこに、警察官が声をかけてきた。

・コルク人形に糸を通した針を刺す（あまり深く刺さないようにする）
・灰皿を逆さにしてテーブルに置き、タバコを置くための２つの切りこみ穴に糸を通す
・糸を窓の隙間から外へ出しておく
・ドアから部屋の外に出て、鍵をかける
・庭に回り込み、窓の隙間から出した糸を部屋の鍵の穴に通し、糸を伝って、隙間から鍵を室内にすべり込ませる
・鍵がテーブルの上に乗ったら、鍵が動かないように注意しながら糸を強く引っ張り針とともに回収。コルク人形は灰皿にひっかかり、針だけが抜ける
・最後に窓を閉める
・庭に回り込むときは裏側からの方がいい。表は道を歩いている人に見つかる可能性がある
・万が一失敗したときのために、磁石を用意しておくとよい
・糸は七〜八メートルほどあればよい
・明日の天気は晴れなので足跡は心配なさそうだが、一応犯行時には注意しておく

「望月刑事！　近所で聞き込みをしていたところ、犯行時刻に庭の人感センサー付きライトが光っていたとの証言がえられました！　これは最近取り付けられたものだそうです。庭に回って、窓側から何かトリックを使った可能性が高いです」

「高いじゃなくて、絶対そうなのよ……」

お姉ちゃんは、苦笑気味に答えた。

「あれ、重要な証言かと思ったのですが……」

不思議そうな警察官にお姉ちゃんは、

「犯人がバカすぎて、もっと重要なのが出てきたのよ」

と言うと、再度メモの文面を確認し、

「どんなに事前に綿密な計画を立てていても、犯行時にあせって凡ミスする犯人は多いわ。だからメモに残すのは、そこまでおかしいことではない。ただ、その凡ミスをさけるために、用意したメモ自体を紛失するなんて前代未聞よ」

犯人の大きなミスで、事件の解決は時間の問題だろう。

ところが、そううまくはいかなかった。

メモがどうしても犯人に結びつかず、捜査は進まなかった。

6

さらに翌日。

「がーっ！　すぐに犯人がわかると思ったのに」

お姉ちゃんが髪の毛をかきむしる。

「メモを印刷したプリンタとかわからなかったの？」

僕の質問にお姉ちゃんは、

「インクの成分がちがったから、犯人は稲葉家にあるプリンタでは印刷していないわ。今はコンビニでもどこでも印刷なんてできるし、そこから犯人を探るのは難しいかもしれない」

「うーん、そうか……。よし、なら別方向から調べてみよう」

僕はバッグから針と糸を取り出した。事務所から持ってきたものだ。

「何をする気よ？」

「トリックを試してみれば、何かわかるかもしれない」

僕は庭へと回った。犯人が落としたトリック説明書を元に行動してみよう。今まさに始めようとしたとき——

「こ、こんにちは」

うさぎがやってきた。

「あれ、朝比奈さん」

「うさぎも見学したいのです。何かわかるかもしれません」

「別にかまわないけど……」

問題は、僕がドキドキしすぎることぐらいだ。自意識過剰だとはわかっているのだが。

僕だけが前髪とメガネの奥の、うさぎの尋常じゃない美少女っぷりに気付いている。

優越感に似た気持ちと、秘密を知ってしまってドキドキしているような気持ちが混ざっているのだ。

コルク人形に刺した針に糸を通し、窓の外に垂らしてある。そして思い切り糸を引っ張ることで、針と糸は回収される。

様々な角度で糸を引っ張ってみたり、引っ張る力を変えてみたり。

横で見てもらいながら、いろいろ試してみたが、特に犯人につながりそうな何かはひらめかなかった。

「迅人さん、糸を操るの上手なのですね」

「何回も試したから、慣れただけだよ」

うさぎに勘違いされてしまうくらい、何度も実験を繰り返した。

結局今日もあきらめることにして、僕は頭をかきながら、うさぎに謝った。

「ごめん。無駄だったみたいだ」

「そんな、うさぎなんて何もしてないですし。気にしないでください。またうさぎもお手伝いしますから」

「また、手伝ってくれるのか？」

ちょっと言ってみたら、うさぎは大きくうなずいた。

「へー、助かるなー」

ちらっと、僕はうさぎの顔を見た。

——うさぎが何かに気付いたかのような、そんな顔をしている。

そして、そんな僕の予感を裏付けるように、うさぎは小さな声でつぶやいた。

「……針と糸？」

「何かわかったのか？」

うさぎにきいてみた。しかしうさぎは口をつぐんで、首をふるだけだった。

「どう、おふたりさん。何かわかった？」

そこにお姉ちゃんがやってきた。

「ううん、わからないね」

お姉ちゃんは「そっか」と、室内に目をやると、

「コルク人形と灰皿を使った密室トリックか……。よく考えるわよ、まったく」

「メモを落としたら台無しだけどね」

「本当よ。久しぶりに見たわよ、こんなバカな犯人」

うさぎは家に電話をしに、いったんどこかへ消えた。僕らも部屋に戻った。

「それじゃあ、また別方向からも考えてみるか」

お姉ちゃんが言うと同時に、僕のお腹がぐーっと鳴った。

「もうこんな時間か」

「今日の朝も、シマザキパン？」

「チョコパン、まだあと三日分くらいあるよ。よし、ご飯食べたらもう一回これ使って調べてみるか」

僕はポケットから針と糸を取り出した。そのとき、後ろに気配を感じた。

「あ……あの……」

家具のかげから、こっちをジッと見つめるうさぎがいた。

「何してるのですか？」

「ちょっと調べ物さ」

「……まだ犯人は、つかまえられそうにないのですか？」

メモを見つけたときはすぐ捕まえられると思ったのに、いまだ犯人はわからない。そのことが少し恥ずかしく、

「うん、そうだよ」

返事がワンテンポ遅れた。うさぎは、あごに人差し指をあてると首をかしげ、

「きちんとした証拠が必要ですよね。それで、あの、その……迅人さん。あとは何を調べているのですか？」

そうきいてきた。小首をかしげて、無邪気なその顔付き。

——何のことだ？　質問の意図がわからない。

「いや、何をって……いろいろだよ」

うさぎは、困ったように目を伏せた。今日もうさぎは長い髪をまっすぐにおろしている。

この間みたいにニット帽をかぶっていることは、あまりないようだ。

僕はふと疑問に思い、きいてみた。

「この間の帽子はかぶらないの？」

「……はい」

うさぎは、返事だけした。少しタイミングが遅かった気がしたけど、何だったのだろう？

それにしても、真っ正面からうさぎを見て思う。

——やっぱりかわいいぞ。

返事がそれっきりだったので、僕もどう返したらいいかわからなくて、

「帽子、大事にしないとな」

よくわからない答え方をしてしまった。するとうさぎの動きが、ピタッと止まり、

「え、うーん。その、あの……はいっ」

そう答えると、うさぎは下を向いた。

そしてそのまま、静かな時間が続く。急に黙って、どうしたのだろう。

そのときである。

「迅人さん」

うさぎが僕の名前を呼んだ。

「ん？　どうしたの？」

うさぎは僕らと目を合わさず、下を向きながら、

「う、うさぎは……小さな頃から……自分の言葉で伝えるのとか苦手で。でもそんな自分が……嫌でした。変えたいと思っていたのです」

何の話だ？　小さい体がぷるぷる震えているけど、大丈夫か？

「うさぎは、どうしてもあきらめられない、伝えなきゃいけないことができたのです。後悔はしたくありません」

正直、自白でもするのかと思った。でも、全然ちがった。

うさぎは思いっきり顔をあげて、僕を見る。

その勢いで前髪が横に流れ、顔があらわになった。その目はとても力強い。

これから何を話すのだろうか。うさぎは何かに感づいたような素振りを見せていた。それと関係あるのだろうか。

そして、うさぎは口を開いた。

「迅人さん。迅人さんはうさぎのこと、好きなのですね？」

…………ん？

自白ではなく告白……でもないのか？

好きなのですね？　僕が？　うさぎのことを？

7

――は、はあ？

としか言いようがない。何を言っているのだ、この人は。

「えっと、僕……が？　朝比奈さんのことを？」

うさぎは真顔で、頭をぶんぶん上下に振った。

その瞬間、また前髪で顔が隠れた。ああ、せっかくちゃんと顔が見えたのに。

「そうです。迅人さんはうさぎのことが好きで好きで、たまらないのです」

「何で？　何でそんなことに？」

見透かされたような、でもそんなはずないというような、よくわからない気分だ。

まだ、まだしも『うさぎは迅人さんが好きです』ならわからないこともない。

でも、僕がうさぎを？　ベクトルの方向が逆じゃないのか？

何でそんな暗い見た目にしているのか不思議だが、たしかにうさぎは、よく見ればかわいい。それも、めっちゃくちゃにかわいい。

でも、うさぎは事件の一容疑者だ。好きになるかどうかなんてわからない。少なくとも今は、恋愛感情などないのだ。しかしうさぎの顔は、確信に満ちていた。

「どういうこと？」

「説明しないとわからないですかっ」

小刻みに腕を振りながら、少し声を荒らげるうさぎ。

「いや、その、うん。そうだね」

「わかりました、そこまで言うならお話しします」

そこまでというほど言ってはいない。でも、気になる。

「まず、今回の事件ですが……」

「え、事件？　何でそんな話に？」

うさぎの脳内では、僕がうさぎのことを好きだということになっているらしい。

だからてっきり、僕が思わせぶりなこととか言ってたのかな、と思ったら。

「迅人さんがうさぎのことを好きだからです」

受け答えがまったく論理的じゃない。でもうさぎは、論理的に答えているつもりなのかもしれない。つまりは一番、怖いやつ！

「うさぎもトリックのメモを見ました。その内容に行く前にです。そもそもあのメモは、何のために用意されたのでしょうか？」

「決行時に失敗しないためじゃないのか？」

「それなら、もっと書くべきことがあったはずです。例えば、庭のセンサーライトのことに一切ふれられていないのは変です。人感センサーが反応する範囲など、第一に挙げるべき注意点だと思います。結局、事件の夜には反応したようですが」

「たしかにな……」

「そこで、うさぎは考えました。あのメモは、共犯者への指示書ではないかと」

指示書！　僕とお姉ちゃんは、思わず目を見合わせた。

「あのメモを指示書と考えると、メモが横書きだったこと、そして上部だけ破られていたことも納得できます。あのメモはメールをプリントアウトしたものなのです。メールは基本横書きですし、上部には件名なんかと一緒に互いのアドレスが印刷されていたので、破いて持ち歩いていたのだと思います」

お姉ちゃんはさすがに目ざとく、

「ということは、犯人はふたりなのね？」

「そうです」と、うさぎはうなずいた。

僕は自分が本来、事件を解決する側であることも忘れ、

「早く結論を教えてくれ」

「迅人さんは、うさぎのことが、好きなのです」

「そっちじゃなくて！」

「そっちがこっちなのですっ！」

「どういう意味だ！」

待つんだ、ここで話を止めるのはよくない。一応最後まで聞いてみよう。

なぜ急にうさぎは、こんなに頭の回転が早くなったのだ？　メモを見て首をかしげていたときとは、まるで別人じゃないか。

「メモの文面を振り返ってください。初めは犯行時の行動を時系列順に書いていますが、途中から注意書きのようになっています」

なるほど、たしかにそうだ。

あのメモ、糸を引っ張って回収し、窓を閉めるところまでは犯行の順序となっているが、そこから先はちがう。犯行にあたって注意すべきポイントが書かれているが、時系列とかではなく、ランダムに書き連ねられていた。

「今言われて気が付いたよ」

しかし、うさぎは大きく首を振り、

「いいえ。迅人さんは気付いてました、最初から」

「な、何で自分のことを他人に決められちゃうんだ……」

うさぎは不満げに、ほほをぷくっとふくらませると、

「ともかく話しますっ。注意書きの箇所に『明日』とあることから、記入した日も特定できます。あれは元々あったメモに、補足情報を付け足したものだったのです」

そういうことか。『明日』と入っているし、計画者と実行者の間で、犯行前日にもう一度やり取りがあったのだろう。

「迅人さんは、それに気付いていました」

……もはや、確認さえしてくれなくなった。

「では、その補足情報は計画者と実行者、どちらによって追記されたのでしょうか。『糸は七〜八メートルほどあればよい』の一文がヒントです。実行者が下見していたら、わざわざ文字に起こさないはずです。つまりこれは計画者、メモの送り手からのアドバイスとなります」

自分の目で確認すれば、必要な糸の長さはわかる。それをメモに書くこともないか。

「そして、直接話さず、メールで指示を出したその人物は事件当時、稲葉家の邸内にいなかったと思われます。動機があって、事件当時不在だった人物とは誰でしょうか」

「いくらでもいるんじゃないのか？　仕事でトラブルがあったりしたらさ」

「いいえ、あのメモを思い出してください。兵部おじさんの部屋の様子を知らないと、あのトリックは考え出せません。さらに人感センサーのことにはふれていないことから、家の中についてはそれなりに知っているけど、最近のことは知らない人物があやしいです。ひとりいますね……残念ながら」

ようやく僕にもわかった。

「僕らは会っていないけど、長男の候一さんか！」

「その通りです」

うさぎはうなずいた。この家を出た候一さんが、計画者だ。

「ここまで来たら、話はもう少しです。迅人さんはうさぎのことが好きなのです」

……そういや話の出発点はそこだった。

「計画者である候一さんは現場にいません。つまり、前日に急に追記が必要となったのは、実行者側の事情です。もっと用意周到に準備しておけばよかったのに、なぜ前日になって急にメールでやりとりをしたのでしょうか。こう考えれば説明がつきます。当初の予定では実行者はもっと早く現場に入るはずだったのに、ぎりぎりの入りとなってしまった。だからあわてて前日にメールでやりとりしたのです」

「あ！」

ということは……。もっと早く来るはずだったのに、予定が変わった容疑者。

カウンセラーの梶さんだ。

「この家に入るのが遅くなったのなら、決行もずらせばよかったかもしれません。でも兵部おじさんは、事件翌日からしばらく、家を離れる予定となっていました。さらに朝二さんのカウンセラーを拒む様子からすると、梶さんもいつまでこの家に来られるかわかりません。決行日はあの日しかなかったのです」

うさぎは言い終えると、やや肩を落とした。

――そういえば。僕は小柄な梶さんの姿を思い出した。

死体に残った索条痕（さくじょうこん）は、普通の首つり死体より水平に近かったらしい。

小柄な梶さんにとって、身長のある被害者を、不自然でない索条痕となるように扼殺（やくさつ）することは難しかったのかもしれない。

そして、次男と三男の身長からすると、おそらく長男の候一さんも身長は高いのだろう。

そんな候一さんには、身長の低い梶さんが兵部さんを殺害するときのイメージを、うまく持てなかったのかもしれない。

ようやく、犯人にたどり着いた。

「そうです。犯人は候一さんと梶さんのふたりです。それで迅人さんのことですが……」

うさぎがそのまま話を進めようとするので、僕はあわててとめた。

「ま、待ってくれ、すごい大事なところじゃないのかそれ」

しかしうさぎは首をかしげて、

「なぜですか？」

「だって犯人がわかったじゃないか」

「わかったからこそ、本題はこれからじゃないですか」

「ど、どういうことだ？」

だいぶパニックなんだが。

「犯人は候一さんと梶さんです。そしてこのことは、あのメモさえあれば導けます。それに気づかない迅人さんではないはずです」

「気づかなかったんだよ……！」

どうして、急にそんな決めつけを！

危険な領域に足を踏み入れた気がしてきた。

「そんなに……照れないでください」

うさぎは両手をほっぺに当てると、顔を赤らめてうつむいた。

「迅人さんは名探偵なので、メモの内容からわかっていたはずです。それなのにこの間、なぜ迅人さんは、わざわざ針と糸を持ってきたのですか？」

「だからそれは犯行の手がかりを……」

僕も顔を赤らめてうつむいた。過大評価されすぎて恥ずかしい。

しかしそんな僕にうさぎは、

「ちがいます」

にゅっと、顔を近づけて言った。

「メモから犯人を導けるのに、そんなことする必要はありません。なぜ迅人さんが針と糸を持ってきたのか。それは……ふふ。言い逃れしなくてもよかったのに。恥ずかしかったのですね」

うさぎは無邪気に笑った。何だかキャラが変わったな。

「だから、何だ……」

「迅人さんは、帽子を直そうとしてくださったのですね」

「帽子？　何のこと？」

うさぎはポケットからニット帽を取り出した。

それを一度両手で高く上げると、一気に抱きしめるように胸に当てて、

「迅人さんはうさぎの帽子を直しに、裁縫道具を持ってきてくださったのですっ！」

心なしか、断定口調を強調している！　うさぎはぴょんぴょん跳びはねる。

どういうことなんだ……！　僕は必死で手をふると、

「ち、ちがうって！」

「迅人さんは帽子を大事にするように、うさぎに言ってくださいましたっ」

「あれは落とさないようにってだけで、たいした意味ではないよ」

「ちがいます」

ちがくないのに……通じない、何もかも。

「待ってくれ、一回落ち着こう」

「本当に……うさぎは……うれしいのです」

うさぎは突然、めそめそし出した。

「うさぎが恋した相手が、うさぎのことを好きになってくれるとはかぎりません。でも、迅人さんは……うさぎのことを……。これは奇跡です。たしかなものなんて何もない、こんな世界の奇跡なのです」

うさぎの目から涙が流れ出す。メガネがみるみるくもり出す。

「とりあえず！　とりあえず落ち着こうよ。なっ？」

「わかりました。でも視界がくもって何も見えません。迅人さん、うさぎの手を取ってください」

「わかった、わかったから！」

僕はうさぎの手を取る。ぬくもりが伝わってきた。

「えへへ、ありがとうございます」

うさぎは笑う。内心ドキドキしてるんだからな……。

普段女の子と密着することなんてないのに、こんなシチュエーション。

僕にはあまりにも、刺激が強すぎる。


うさぎを落ち着かせたが、納得はさせられていない。

「迅人さんにとって一番大事なことは、真っ先に帽子を直すことでした。だからそのあとで真相を説明するつもりが、恥ずかしがってなかなか言い出せず、結局ここまでかかってしまいましたね……って、あっ！　うさぎがうっかり真相まで説明しちゃいました！」

「そんなドジっ子あるか！　僕はそんな……、裁縫なんてしないし」

「嘘です」

うさぎは人差し指を立てた。

「なんでそう言い切れるんだ？」

「迅人さんの口から、チャコペンという言葉が出てきていました。ひさしぶりに聞きました。裁縫をされる方ですと、やはりよく使うのですか？」

「チャコペンなんて言ってないぞ」

「言ってましたよ？　庭でお姉さんとお話ししているときに」

お姉ちゃんも「私と？」と、不思議そうだ。

「そんな話……あ！」

もしかして、それって……。

「朝比奈さん、何を言っているのかわかった。僕はチャコペンなんて言っていない。チョコパンって言ったんだ、チョコパン」

しかし、うさぎは納得してくれない。それどころか、突然僕に突っ込んできて、そのまま抱きついてきた。

「うわっ、どうした」

待ってくれ、こういうの慣れてないんだってば！

「迅人さん……」

僕の胸の中のうさぎは、小さな顔で僕を見上げて、

「うさぎの心に、迅人さんというチャコペンが印をつけました。絶対に消えない、強い印を。迅人さんのその気持ちに、うさぎも応えます」

「ちょ、その変な形容は何だ！　勘違いしないでくれ！」

「もう、止まれないのです。すべて、迅人さんのせいです。それに迅人さん、糸通しもお持ちでしたよね？」

「糸通し？」

またまた変なことを言い出したぞ。

「そんなの持ってないけど？」

うさぎは不思議そうに、

「え？　お財布に入っていたのを、お姉さんに見せていましたよ？」

「……何のことだ？」

あまりにうさぎが信じ込んでいるので、財布をたしかめた。

「ごめん、一回どいてくれ」

財布を見るために、うさぎを自分から引き離す。

「二回目を、前提とした、言い方ですねっ」

と、うさぎは満足げだった。何というポジティブさだ！　それはともかく、

「入ってないじゃないか……」

僕は財布の中を広げてみせた。

「おかしいですね？　あのときは入っていましたよ？」

うさぎは首をかしげている。何を勘違いしているのか――

はっ、もしや！　察したことがばれないように、必死で平静をとりつくろう。

糸通しは、持つ部分に人の横顔が彫られている。そこだけ見たら、外国の硬貨に見えなくもない。うさぎは、外国の銀貨を糸通しと勘違いしているのだ。

「迅人さん、今日は糸通しをお持ちでないのですね」

「一度も持ち歩いたことないよ」

「……ですよね」

「ん？」

何で急に納得したんだ？　言ってることがめちゃくちゃだぞ？

「迅人さんとうさぎの赤い糸に、糸通しは必要ありません。一度繋いだその糸は――」

そう言ってうさぎは、さっきより強い力で僕に抱きついてきた！

「二度と、二度と、きれることはないのですからっ！」

「も、もう勘弁してくれー！」

また出た超解釈！　うさぎに感じていたあたたかい気持ちは、いつのまにか沸騰していて、もはや触れがたい。うさぎは僕をぎゅーっとしながら、

「まだ恥ずかしがるのですね？　そういう迅人さんも、うさぎは好きです。だから、うさぎの方からも近づきます。うさぎが迅人さんのことを好きなのと同じく、迅人さんもうさぎのことが好きなのです」

そして、うさぎはほほ笑み、

「迅人さんが素直になるまであきらめません。うさぎの恋は、今跳ね出しました」

そう言って僕に抱きついたまま、ぴょんぴょん跳びはねた。

「お似合いの恋人になれますようにっ。精一杯努力しますからね……迅人さん……」

うさぎは最後に、こう言うのだった。

そして、その努力とやらは、うさぎにとんでもない結果をもたらしたのだ。

8

よくわからないけど（本当にわからない！）、事件は解決した。

兵部さんと仲の悪い侯一さんは、兵部さんの殺害を決意した。兵部さんを殺害して恨みをはらすついでに、父親の会社を乗っ取ろうとしたらしい。

梶さんはそんな侯一さんに多額の借金をしており、それを帳消しにする代わりに兵部さんの殺害を持ちかけられた。メモをなくしたことには、気付いていなかったようだ。

そんなドジな犯人。メモから真相に辿り着けなかった、僕とお姉ちゃん。

うさぎ以外はみんな、バカだったのかもしれない。

そして事件の結果。ひとりの兎突猛進な女の子が生まれた。

それも、それも……。

とんでもない美少女へと変化して！

もう少しで桜が咲きそうな、三月のある日。

「迅人さん！」

「はい？」

外から玄関のドアを水拭きしていた僕は、背中から声をかけられた。

振り向く僕。だが最初は、誰だかわからなかった。

黒かった髪の色は濃いブラウンに変わった。左右に小さな束を作って、ハーフツインにしている。目が完全に隠れるくらい伸びていた前髪も、眉上で切りそろえられた。分厚いレンズのメガネをかけるのもやめていた。

春先にぴったりなパステルカラーのダッフルコートを羽織り、そこに合わせたブーツは少しだけ大人っぽさをプラス……するまでにはいかないけど、お似合いだ。

「迅人さん、合格しました！」

この声、聞き覚えあるぞ。

「ま、まさか……」

僕があわあわと指をさすと、

「そのまさかです！　合格判定Eだったのに、無事にサクラ咲かせちゃいました！」

「まさかの意味がちがう！　合格判定なんか知らないって。もしかして……」

「うさぎは四月から小泉女子大に通います！　同じ国立市なので、いつでも迅人さんの事務所に行けます！」

やっぱりうさぎだ！　めちゃめちゃかわいくなってる！

「本当に朝比奈さん……なのか？」

「当り前じゃないですか。迅人さんのことが大好きな朝比奈うさぎですっ」

合格の報告なら、まず「おめでとう」を言うべきだ。でも、唖然として忘れてしまった。

たかだか一ヶ月で、これほどまでに人の見た目は変わるのか。

整った顔立ちをしているのには気付いていたけど、それにしても別人だぞ……！

「今日はごあいさつにやってきました。それと、これから迅人さんとの仲を深めるために、いろいろ調べてきました」

うさぎはスマホにメモを取っていたらしい。指で画面をスクロールしながら、春空の下で次々と挙げていく――僕の個人情報を。

「えーと、望月迅人さん……と。住所はここで……、よく行くお店はピヨピヨマート国立二丁目店。探偵として解決した主な事件は……で、はいはい、なるほどですね」

「ど、どうしてそんなところまで！」

うさぎはスマホを振った。毛糸のストラップが揺れる。

「迅人さんのことでしたら、いくらでも調査可能です。えーと、高校時代のツイッターアカウントがありますね。なるほど、高校時代のあだ名は、『もちもちモッチー』ですか」

僕は顔面蒼白で頭をかかえる。

「それは僕が激太りしていたときのあだ名だ！　封印してたのに！」

「もちもちモッチー時代に失恋してますね。やたら画像ファイルに登場する、この女の子でしょうか。失恋したのは二年生の三学期……二月ぐらいですか？　急にツイート数が減り、ネガティブな内容になっています。『病むなぁ』と一言ツイート。典型的かまってちゃんですねっ」

「どこまで過去をほじくる！」

「大丈夫です、迅人さん。これからうさぎと迅人さんは――しあわせになるのですっ」

そう言って、うさぎはゆっくりと、右手の小指を立てた。

「…………！」

小指には、糸が結んである。僕が密室トリックの実験で使ったやつのようだ。

そして、その糸のもう一方の先は――

「うわあああああ！　いつの間に！」

僕の小指だ！　恐怖にかられて糸をはずす。うさぎは、笑ったまま表情を変えない。

「迅人さん。しあわせになりましょうね」

ようやく気付いた。僕は、とんでもない相手につかまったんだ。

「お姉ちゃん！　朝比奈さんが！」

僕は事務所内を掃除していたお姉ちゃんに助けを求めた。

掃除を手伝ってもらっている時点で、すでに情けなさ全開なのだが、背に腹は代えられない。行くところまで行ってしまえ、といった感じだ。

「何を騒いでいるのよ。ちゃんと働きなさい」

僕の後ろから、ひょっこりとうさぎが顔を出した。

「弥生さん、おひさしぶりです」

お姉ちゃんは目を丸くして、

「朝比奈さん？　ずいぶん雰囲気変わったね。すごくかわいいわ」

「ありがとうございます」

うさぎはうれしそうに笑った。

「違うんだ、お姉ちゃん。話を聞いてくれ」

望月弥生。血のつながった、僕の実の姉。職業、警視庁捜査一課の刑事。よし、このうえなく頼もしい存在だ。

「この人ヤバいって。何をしでかすかわからない」

「……え、そうなの？」

真剣な思いが通じたのか、お姉ちゃんが一歩前へ出る。

お姉ちゃんは、うさぎを真っ正面から見つめた。

「迅人は大切なたったひとりの弟でね。迅人のためなら私は何でもできる」

お姉ちゃん……。そんな風に僕のことを思っていてくれたのか。

クールで天邪鬼（あまのじゃく）だから、全然気が付かなかったよ。

「迅人さんは、うさぎのことが好きなのです」

そう言って、うさぎも一歩ぴょこんと前へ出た。僕が原因で、このふたりは争うのか？

お姉ちゃんとうさぎは、徐々に近付きにらみ合う。互いに相手がどう出るか、第一手を探っている。

最初に動いたのは、お姉ちゃんだった。

「朝比奈うさぎ……さん」

そう言うとお姉ちゃんは、深々と頭を下げた。……何だ？

「迅人のことを頼むわ。こいつ、全然彼女作らなくて困ってたの。朝比奈さんなら安心だわ。頼むわ……、うさちゃん」

どうしてそういう流れに！　突然のあだ名呼びだなんて、一気に親密さを深めようとしている。うさぎは興奮気味にうんうんうなずくと、

「もち、です！　迅人さんはうさぎが大好きなのですっ。任せてください、弥生さん」

「えっ、僕を助けてくれるんじゃないの？　話聞いてなかったのか？　この子、僕に何するかわからない……いててっ！」

お姉ちゃんは僕の頭を叩いた。

「失礼なこと言うな！　ったく、女の子に向かってよくそんなこと言えるわね……。うさちゃん、気にしないで。こいつ、素直じゃないだけだから」

「もち、です！」

気持ちは揺るがないようだ。

「迅人さん、うさぎはあきらめません——この帽子にかけて」

うさぎはあのときのニット帽を取り出し、頭にかぶってみせた。

「帽子を編む前に、うさぎと迅人さんの関係を丁寧に編んでいきましょうね」

「うまいこと言うんじゃ……ってほどうまくもない」

「もっとも、うさぎの気持ちはすでに編まれていますけど。迅人さんの裁縫道具で」

「さすがに怒るぞ！　裁縫なんてできないって」

「でも、針も糸も糸通しも持っていたじゃないですか」

「銀貨だってば、あれは」

結局、うさぎは信じてくれなかった。

「うさぎは迅人さんのことを想うと、しあわせです」

「少し落ち着こう。なっ？」

「うさぎはウサギですから。寂しかったら……死んじゃいます」

「気持ちは変わらないからな！　そんなこと言っても」

「これから楽しみです！　これが、うさぎと迅人さんをつなげてくれましたね。迅人さんもお似合いですよっ」

うさぎは僕の頭にニット帽をかぶせた。すべての勘違いの原因となった、その帽子を。

さっきから全然話を聞いてくれない！

すぐに帽子を取ろうとしたが、うさぎは僕の両手をつかんで動かせないようにする。

「うわ、やめろ！　頭の取ってくれ！」

なぜか一瞬、動きが止まっていたうさぎだったが、

「だめですっ」

と、言うことを聞いてくれない。僕は渾身の力で腕を振り払うと、かぶせられたニット帽を取って、うさぎの頭にかぶせた。

うさぎは帽子をちゃんとかぶり直しながら、

「迅人さん、やはり素直じゃないですね。でも、うさぎは迅人さんがはっきり言ってくれるまで待ち続けます。……いいえ、待つのではなく、こちらから行くのです」

「それって、勝手にここにやってくるつもりか？」

「ちゃんときれいに掃除します！　お料理もがんばりますから！」

「だからって、勝手に押しかけてきていいという理由にはならないぞ！」

「じゃあこの理由はどうですか？」

うさぎはまたぴょんと跳んで僕に近付き、

「もち、うさぎも、迅人さんのことが好きなのです」

僕をギュッと抱きしめてみせた。うさぎ『も』？　いろいろちがうぞ。

ただ、今僕に抱きついて、下から見上げてくるうさぎの顔は、信じられないかわいさだ。

僕は硬直し、何も答えられなかった。

それから、朝比奈うさぎの大暴走が始まったのである。

『うさぎの恋は、今跳ね出しました』。

――恋が跳ね出した、だって？

いやいや、そんなかわいらしいフレーズでは説明にならない。それぐらいの大暴走だ。

ほら、こうしている間にも。ピヨピヨマート帰りの昼下がり。

何者かの気配を感じ、僕は後ろを振り向いた。

シュッと、電信柱の後ろに隠れこむ影。

でも、飛び出ているぞ、ハーフツインの束が。

まるで、ウサギの耳みたいだ。

4話　雪の中の温室で

1

「続いてのニュースです――」

テレビが、朝のニュースを放映している。

「東京湾沿岸で、男性の遺体が見つかりました。持ち物から、死体は杉並区荻窪に住む無職・佐々木哲次郎さん三十五歳だということがわかりました。警察では佐々木さんは何らかの事件に巻き込まれたと見て、捜査を進めています」

その佐々木の写真が、画面に映る。瞬間、コーヒーを吹き出しそうになった。

「えっ」

「迅人さん、この方は……」

コーヒーポットを手にしたうさぎも、おどろいている。それは見覚えのある顔だった。

「プライマルワールドにいたスリじゃないか！　殺されただって……？」

実際に会った人が、テレビに映っている。しかも、物騒なニュースの被害者として。

「今度、お姉ちゃんに会ったら聞いてみよう」

許せないやつだが、死んだとなると話は別だ。

「少しかわいそうだな」

うさぎもうなずいた。こうして、何だかやるせない気持ちで、その日は朝を迎えた。

——あれ？

勝手に朝食が用意されていることに、違和感を覚えなかった。

うさぎのいる朝。それが日常になりつつある……のか？

2

そして、こっちはおなじみの日常。

お姉ちゃんがいきなり事務所に入ってきて、何の前段階もなく用事を切り出した。

「迅人。前さ、直廊山行ったじゃない？」

「うん」

静岡県の伊豆半島にある山で、前にそこのペンションで僕らは殺人事件に遭遇した。

「事件に出くわしたのはともかく、いい場所ではあったわよね？　だからさ、もう一回直廊山に行ってきてくれない？」

「え、何で？　どうしたんだ急に？」

お姉ちゃんは僕に近付くと、

「うさちゃんと、ふたりで行ってきな」

　お姉ちゃんは意外な言葉を放った。

「うさぎとふたりだなんて、そんな……」

　否を主張したい内容だ。しかし、その後のお姉ちゃんは意外な言葉を放った。


「佐々木が殺されたのは知ってるでしょ？　あのスリだよ」

　急展開に一瞬ポカンとした僕だったが、

「うん。この間お姉ちゃんが言ってたじゃないか」

　お姉ちゃんからも話を聞いていた。捜査本部が設立されて、警察が動いているらしい。

「その佐々木の自宅で、気になるメモが発見されたの。『岩科旅館』と殴り書きされたメモよ。この旅館名、調べたら全国のあちこちにあったんだけど、直廊山にもあるみたい」

「それで僕に？　お姉ちゃんは行かないの？」

「すぐには無理そうなの。メモが、どの岩科旅館を指すかわからないから。話し合いの末、別の場所から捜査を進めることになったわ。でも私は、直廊山の旅館を疑っている」

「何で？」

「勘よ。女の勘」

　お姉ちゃんは、つんとあごを突き出した。

「岩科旅館という名前が、なぜか私を引きつけるの。それに最近、何かが私を直廊山に向かわせようとしているのよ。すぐにでも行きたいけど、勝手な行動は取れないし、直廊山を捜査するタイミングになるまで待つしかないのよ。でも、あふれ出る勘がまちがいだとは思えないわ……」

お姉ちゃんは胸に手を当ててうつむいた。まるで恋でもしているかのようだ。

……恋？　もしかして。

お姉ちゃん、単に影山刑事と再会したいだけなのでは？

ペンションでの事件で会った影山刑事のことを、お姉ちゃんは気に入ったようだった。

それを、勘とか言っているだけのような気がする。

「それは本当に勘なのか、お姉ちゃん。もしかして影……」

「ちがう！　あんた、私の刑事の勘をなめんじゃない！」

すごいむきになってる。絶対に図星だ。

直廊山があやしいとは言いきれない。

とはいえ、無関係と決まったわけでもない。もしかしたら……ということもありうる。

「そういうことか」

「そうよ。だから、迅人とうさちゃんで行ってみてほしいのよ。何もなければ、それでいい。迅人とうさちゃんで、旅行を楽しめばいいだけだし」

「何でだよ」

僕が不満げにすると、お姉ちゃんはめんどくさそうに、

「あんたもみとめなさいよ。あんなかわいくて尽くしてくれる娘、この先絶対に現れないわよ。あんたのもたれ体質を受け止めるには、あれぐらい強引な方が絶対にいいわ。何を

ためらっているのか、わからないんだけど」

「何度も言うけど、あれはストーカーだぞ」

「ここにいても、依頼なんて来ないじゃない。臨時休業して行ってきなさいよ」

お姉ちゃんは、特急の乗車券を僕に押し付けてきた。ちゃんと二枚。

「迅人さん、行きましょう。事件の調査のために」

突然声がした。振り向けば、うさぎが無表情で立っている。

表情がないからこそ、決意に満ちているのがまるわかりだ。

お姉ちゃんも気付き、「あ、うさちゃん」と明るい声を出す。

うさぎはスタスタ入ってくると、乗車券を手に取った。そしてにっこり笑って、

「事件の調査のために」

もう一度唱えて、とんでもない力で僕の腕をつかんだ。

もうシンプルに、猪突猛進(ちょとつもうしん)って喩(たと)えでいいんじゃないのか？

こうして僕は、うさぎと旅行に連れ出されることになった。

「なぜこんなことに……。事件に関係なさそうだったら、僕はすぐ帰るからな」

「とか言ってさ、一緒に過ごしているうちに、ころっといっちゃうものよ」

お姉ちゃんは期待しているのか、大きく笑った。うさぎもハッとして、

「迅人さん、そうなのですか？」

「しばらく一緒に過ごせば、気持ちが変わるかもってだけだろ。絶対にじゃないよ」

って言い方は、よくないんだろうな……。

うさぎは、わずかな可能性を〝絶対〟に変えてしまう。

「わーい、一緒の時間を共に過ごしましょうねっ」

うれしそうに僕を見上げるうさぎ。

うっ、そんなかわいい顔で僕を見ないでくれ……！

もし、気持ちが本当に変わってしまったら。

そうなったらどうすればいいのか、僕にはわからないのだから。


そして出発した、僕とうさぎ。

伊豆急行鉄道のひなびた雰囲気の中、僕とうさぎは向かい合って座っていた。

窓の外はのどかな風景。時折景色が開けると海が見えて、東京から離れたことを実感する。

「この旅で迅人さんを素直にさせてみせます。そろそろお弁当食べませんか？」

うさぎは大きい旅行バッグを、がさごそし出した。

「いっぱい用意しました」

うさぎはバッグの中を見せてきた。たくさんお弁当箱が入っている。

「そんなに用意しなくてもいいのに……。重いし、準備大変だっただろ？」

「そこは迅人さんが好きという気持ち、それだけで片付けさせてください」

──頑固だな。

ただ、窓わきのテーブルは小さいから、どうしても並べられるお弁当箱は少ない。

「一気に並べるわけにはいかないな」

うさぎはちょっと得意げに、

「そこは迅人さんの順番に合わせてお出しします。うさぎシェフ季節の特製コース〜迅人さんの気持ちを添えて〜です」

「フランス料理みたいなコース名にしたかったんだろうが、勝手に人の気持ちを添えないでくれ」

それで、特製コースの最初は、サラダだった。

「迅人さんは、食事の一口目は必ずお野菜ですからね」

そこまでするか──ってなる前に。窓に映る、眉をひそめた自分の顔。

「ん？　僕、それ言ったことあったっけ？」

「ないですけど、わかります」

稲葉家の事件のときは、インスタ映えするサラダ。うさぎが事務所で食事を作ったときは、手作りドレッシングがかかったレタス。プライマルワールドではグリーンスムージー。たしかに僕は、いつもそうしているかもしれない。胃もたれをさけるため、無意識にだろう。

「それでわざわざ……」

あれ？　僕、うさぎに感心してるぞ。いつもの妄想とはちがう、気遣いがかわいらしい。

うさぎはそのまま淡々と、

「野菜は生活習慣病の予防に役立ちます。末永くうさぎと人生を過ごしたい——そんな気持ちの表れですよね。迅人さん、うさぎのこと好きなのですね」

「結局、またそこか……」

途中でとめてくれればよかったのに。

3

電車を降りて、僕らは駅前の送迎バス乗り場に向かった。

そこにはすでに小型バスが停まっていた。その前には作務衣(さむえ)を着て旗をかかげる、ひとりの男性が立っている。つまらなそうな表情だ。旗には『岩科旅館』と書かれていた。

男性はやせ形で背が高い。僕と似たような体格で、身長も同じくらいだった。

近付いていくと、「あ、いらっしゃいませ」と無愛想に頭を下げ、バスに乗るように促した。

言われた通りバスに乗ると、男性は運転席に座った。

ボソッと「出発します」と声が聞こえて、バスは走り出した。あまり客商売に向いたタイプではないと感じた。

自然の風景を楽しんでいるうちに、バスは旅館へとたどり着いた。

旅館は横長の和風建築で、二階建てだった。表札には『岩科旅館』と書かれている。たしかにお姉ちゃんの言っていた名前だ。

趣のある建築物を前にして、長い距離を移動してきた感覚がこみあげる。

うさぎも目を細め、じっと空を見上げた。

「着きましたね。こんな、遠いところまで……来ちゃいましたね」

「そんな恋の逃避行感出すな」

バスが止まった音に気付き、和服姿の女性がやってきた。僕らがあいさつをすると、建
「ようこそおいでになりました。当旅館の女将の釜井と申します」

丁寧に頭を下げてくれた。僕も頭を下げて、

「よろしくお願いします。望月迅人です」

「婚約者の朝比奈うさぎです」

僕は訂正する気さえ失せていた。

「それはそれは……。まずはお部屋までご案内しますね」

そこに、バスを運転していた男性がやってきた。男性は僕らの方を振り向きもせず、建物裏の方へと歩いていった。

「うちの従業員の田渡です。この裏にビニールハウスがありまして、そこで植物を育てています。後ほど、他の従業員もご紹介させていただきます」

釜井さんは僕らを館内へと促した。

案内してくれたのは、坂宮(さかみや)さんという若い男性の従業員だ。

田渡さんに比べて背は低いが、筋肉質でがっちりとしている。ここの従業員は作務衣を着用することになっているようだ。田渡さんと同じものを着ている。僕らは、二階に上がって正面にある部屋に通された。

「お部屋はこちらになります」

坂宮さんが部屋のドアを開けた。

開けた先は畳の部屋で、広々として快適に過ごせそうだ。僕らが泊まるのは、中で二部屋に分かれている和洋室ツインベッドタイプの部屋だった。他の部屋より少し宿泊料は高かったが、恋人でもない男女が同室に泊まるのだし、その方がいいだろうと思い予約時に選んだ。

目の前の出窓からは、外の景色が見える。旅館の裏は庭になっており、庭の先には横長のビニールハウスがあった。田渡さんは、あそこで植物を育てているのだろう。

ここからは入り口は見当たらない。反対側か、もしくは横側にあるようだ。ビニールがくもっていて中はよく見えないが、植物の緑色がかすかに見えた。

「何かありましたら、内線電話でフロントへおかけください。奥が洋室でベッドルームとなっております」

坂宮さんは初々しいお辞儀をすると、ドアを閉めた。

うさぎは「うーん」と両手を大きく広げ、

「これなら、ふたりでも十分ですね」

「うさぎ、いいか。ここに来た目的を忘れるなよ。佐々木とこの宿に関係はあるのか、それを調べるんだからな」

うさぎは、一応うなずいた。

「それはともかく迅人さん、先に浴衣に着替えちゃいませんか？」

窓の外を見ていたうさぎが振り返る。

「ああ、いいかもな」

室内はあたたかい。着替えても寒くなさそうだ。

「それでは……」

僕の前にぴょんとやってきたうさぎを、自然と見下ろす格好となった。

うさぎは目を閉じ、両手を左右に大きく広げる。

「……何だよ？」

「着替えさせてください」

うさぎは微動だにしない。僕は動揺しながら、

「ど、どうしてそうなる！　それぐらい自分でやってくれ」

「さあ早くっ」

ボタンに手をかけるうさぎに、

「やめてくれ！」

僕はあわてて止めた。

「迅人さん、けちですねー。いいですよーだ」

うさぎは荷物と浴衣を持ち、となりのベッドルームへ入っていった。

着いて早々にとんでもない。高鳴る鼓動を抑えながら、僕も浴衣に着替えた。

ここまで着てきた上着は、壁のハンガーにかけておく。

そのとき、となりの部屋からうさぎが戻ってきた。

「迅人さーん、どうですかー？」

うさぎの浴衣姿。少しサイズが大きい浴衣から伸びる小さな手。涼しげな首元。ちょっとは恥ずかしいのか、紅潮したほっぺ。

どこから見ても、かわいいの一言しかなかった。


僕らは浴衣の上に綿入れ半纏（はんてん）を羽織り、旅館の周りを歩いてみることにした。

階段を降りたところで、玄関の方でカランカランと、ドアが開く音がする。

しばらくすると、男性の低い声が聞こえてきた。

「歩いて疲れてるので、すぐに部屋に案内してくれ。仕事に集中したいから、放っておいてもらっていい。何かあったら、こっちから頼む。静かな部屋にしてほしいと頼んでおいたのだが」

　やがて釜井さんに先導されて、階段を上がろうとする男性が現れた。メガネをかけ、またマスクも着用しているので、いまいち顔はわからない。

　男性は僕をジッとにらみつけてきた。しかしすぐに目をそらすと行ってしまった。うさぎが不思議そうに、

「お知り合いですか？　何だったんだろう」

「まさか。何だったんだろう。迅人さん」

　釜井さんはすぐに戻ってきた。館内の説明なども不要だったのだろう。

　釜井さんはほほえみながら、

「この一帯はめずらしい植物が生えているようでして、研究観察目的のお客様も多くいらっしゃいます。男性ひとりのお客様もめずらしくないんですよ」

　そういえば前にペンションで出会った八坂さんも、植物の研究者だったな。

　そのときは、男性のことをそれ以上気にとめることもなかった。

　振り返ると、裏口がある。裏庭へ向かう出入り口で、こちらは基本従業員用となっているようだ。雑多で、日用品がいろいろと置いてあった。

「あれ……雨かな」

　外を見ると、ぱらぱら雨が降ってきていた。

　坂宮さんが通りかかり、

「雨が降ってきてますね。もし外に出るようでしたら、そちらをお使いください」

と、柱にかけてある雨ガッパと軒下に並んだサンダルを指した。他に長靴も置いてある。

「迅人さん、カッパ使ってください。外に出てみましょう」

「え？　うさぎは？」

「いいから、いいから！」

うさぎは僕にむりやりカッパをかぶせ、外に向かって背中を押した。

僕はサンダルをはいて、そのまま裏庭へと出た。裏庭では、夏はバーベキューをしたりするそうだが、今は冬だから使われていないらしい。

――ところでうさぎは？　不思議に思い振り返ると、

「うわっ、何してるんだ」

見ると、さっきとは別の格好をしている。

うさぎは、綿入れの上に、さらにプライマルワールドのブランケットを羽織っていた。

うさぎにとっては都合のいいことに、僕の着ている雨ガッパにはしっかりと袖口を絞れるようにマジックテープがついている。

うさぎは、ブランケットの袖についたテープとテープ同士をくっつけた。そのまま歩こうとするから、あわてて僕は、

「やめてくれ、脱ぐぞ。こういうのはちゃんとワールド内でな……」

言った途端に思った。しまった！　またやってしまった！

「ということは、ワールドにまたつきあってもらえるのですね？　やったー！」

このくだり、何回目だ……。

よろこぶうさぎは、とりあえず納得してくれた。


そこに、傘を差した女性がやってきた。三十歳くらいで、長い髪の毛を横で結んでいる。

「休憩中でぶらぶらしていました」

ここで働く町山さんだそうだ。もう十年近く働いているらしい。一緒に歩きながら、いろいろとこの辺りのことを教えてもらった。

ぶらぶらしていた僕らは、いつのまにか裏庭奥のビニールハウス近くにいた。

入り口は旅館から見て左側面にあり、のれんのように長いビニールが垂れている。高さ百六十センチで幅六十センチくらいの、狭い入り口だ。

そして、入り口の近くには犬小屋があった。突然そこから、

「きゅうううううん！」

茶色い柴犬が、飛び出てきた。町山さんに駆けより、舌を出してはぁはぁしている。

「うわーっ、何ですか！」

うさぎが僕に飛びついてくる。

「う、うさぎは犬が大の苦手なのですっ！」

それは知らなかった。意外な弱点があるんだな。町山さんが申し訳なさそうに、

「すいません、おどろかせてしまいまして。ほら、ペス。外に出ると、濡れちゃうよ」

町山さんは、ペスと呼ばれた犬のあごをさすった。ペスは気持ちよさそうに、目を細めている。

「ペスは吠えたりしませんが、なついた相手にはいつも全力で、きゅんきゅん鳴くのです。従業員なら誰であろうと、見かければ必ず鳴いて鳴いて……」

うさぎはパッと目を開き、おそるおそるペスの方を向く。

「なついた相手には全力で鳴く……必ず」

「それがどうしたんだ？」

「うさぎも迅人さんに、もっと態度で示さなくてはなりませんっ、必ずっ！」

僕はずっこけたいのを抑えて、

「何を学んでいるんだ。もう十分すぎるくらいだぞ……」

僕の言葉に、うさぎはおどろきの笑顔で、

「十分に伝わってはいるのですね！　ということは、後は迅人さんが素直になるだけです。よかったー、うさぎの気持ちがきちんと伝わっているか、いつも不安だったのです」

こんだけ暴れておいて、どこからその不安が訪れる！

「ともかく、ペスさんに勉強させてもらいました」

うさぎはペスにお辞儀した。ペスはつぶらな瞳で、そんなうさぎを見上げていた。

(何だこいつ) って思っていそうな顔だった。

次に町山さんは、ハウスの入り口のビニールを少しめくると、

「ここは田渡が管理しています。観葉植物を育てて出荷しています」

「野菜は作っていないのですか？」

うさぎの質問に、町山さんが答える。

「そうですね、野菜は育てていません」

町山さんが、入り口をもう少しだけ開いた。僕とうさぎがのぞき込むと、たくさんの植物がジャングルさながら生えていた。小学生の頃、植物園に入ったときのことを思い出す。

「中はすごく暑そうですね」

うさぎが言った。植物栽培のため、高い温度と湿度を保っているようだ。ビニールがくもっているのも、高い湿度のせいだろう。

「中に入るのはやめておきましょう。田渡が嫌がるので」

町山さんはそっけなく言った。

ビニールハウスから顔を出すと、再び冷たい空気が顔をくすぐった。

何げなく旅館側に目を向けたそのとき――

こちらに向けられた視線に、僕は気付いた。

二階の、向かって右端の部屋。そこの窓際に立ってこっちを見ているのは、さっき到着した男性だった。

何かを探るような不気味な目つきで、一瞬背筋が寒くなる。

僕が見ていることに気付いたのか、その姿はすぐに見えなくなった。

僕たちの行動を見張っていたのだろうか。

4

町山さんは休憩時間が終わるということで、ひとまず別れた。

雨が強くならないか心配だが、僕らはその後も散歩を続ける。山道に出ると舗装されていて、ハイキングコースになっていた。ふもとから歩いてきて、旅館に宿泊する人もいるそうだ。

しばらく歩いていると、

「あ、この辺り、以前歩きましたよね」

うさぎも気付いたようだ。

「うん、この辺りの道を外れたところに、マリーゴールドだっけ？　あとアイビーか。あれが生えてたんじゃなかったっけ？」

「迅人さん、覚えてますか？『濃厚な愛情で永遠の愛を死んでも離さない』」

「……花言葉がいろいろ合体しているぞ。重すぎるし、怖すぎる」

うさぎは僕の手を引っ張ると、

「もう一度摘みに行きましょう」

「もういいって。この間もたくさん摘んで、注意されたじゃないか」

「でも、迅人さんのために！」

ごねるうさぎだったが、そのとき。

さっきから寒くなってきたとは思っていたが、空からはらはらと白い雪が降り出した。

「うわ、雪が降ってきた」

「えー！　きれいですね」

うさぎは跳びはねて、雪をつかんでみせた。

「ほら、もうすぐ夕食にもなるし、本格的に降り出す前に戻ろう」

「はーい」

雪を見てご機嫌になったらしい。あっさり僕の言うことを聞いてくれた。

雪うさぎになる前に帰ろう。


旅館に戻ると、ちらつく雪の中で、僕らが乗ってきた送迎バスが旅館の前に泊まった。中から、三人組の女性客が降りてくる。大学生ぐらいだろうか。

「うわーきれい」

そう声を上げたのは、茶髪にマッシュショートで、ダッフルコートを着た子だ。背が低く、うさぎと同じくらいだろうか。

「やっと着いたね」

長い黒髪を三つ編みにした子は、少し落ち着いた様子だ。きれいにそろった前髪がメガネにかかっていて、スタジャンを着ている。

そのメガネの子が、トレンチコートの子に、

「すごいね島寺、いい旅館見つけたね」

と、肩を叩いた。この子は他のふたりに比べるとシンプルなスタイルだが、身長が高くて目鼻立ちがはっきりしているので様になっている。髪は後ろでまとめ、オールアップにしておでこを出していた。

そこに玄関から、釜井さんが出てきた。

「ようこそおいでになりました。岩井様ご一行でいらっしゃいますね」

「そうでーす」

と、マッシュショートの子が答える。釜井さんは戻ってきた僕らに気付くと、

「こちらは、先においでになった望月様と朝比奈様です」

僕がお辞儀すると、うさぎも僕の後ろに隠れ気味で、ひょっこりとあいさつした。

「よろしくお願いしまーす」

三人とも元気にあいさつしてくれた。マッシュショートが山岡さん。三つ編みでメガネが岩井さん。背が高いオールアップの子が島寺さんというそうだ。釜井さんが続けて、

「岩井様方のお部屋は一階となります」

そこに、バスを止めて戻ってきたのか、田渡さんが通りかかった。田渡さんは僕らを一

瞥(べっ)するが、すぐに目をそらし、裏口の方へと歩いていった。

三人組もあいさつするタイミングがなかったのだろう、ただ田渡さんの後ろ姿を見送っていた。

田渡さんも、もうちょっとやわらかい態度をとってくれてもいいのに。

5

「えー、朝比奈さんってうちらとほぼ同い年？　こんな小動物みたいにかわいい子、大学で見たことない！」

夕食のカニ鍋(なべ)を中心とした和食フルコースを皆で囲みながら、口をついて出た山岡さんの言葉に、うさぎはにこにこしている。

「えっ、望月さんは探偵？　かっけー！」

山岡さんはとにかく元気がいい。大きい動きをするので、髪がふわふわ動きっぱなしだ。

「事件解決とかしたことあるの？　すごいわね」

島寺さんもそこにのっかる。長身で髪を全部あげているから、運動部のような印象だ。

「ふたりとも勢いよすぎだよー」

岩井さんは、ふたりをセーブする役割のようだ。

探偵という職業がめずらしかったのか、僕が質問攻めにあう。

それを見てうさぎが、ちょっとムスッとし出した。

「うさぎもすごいんですよ」

話に加えてあげようと、話題をふった。うさぎは得意げな顔をする。

「朝比奈さんは望月さんの何だっけ、助手ってやつ？」

山岡さんの質問にうさぎは、

「ちがいます――妻です」

さらっと、超ド級の嘘をねじこんできた。

「キャー、学生結婚だー！」

色めき立つ三人組を前に、つつましげにほほえむうさぎ。

何を照れくさそうにしているのか。嘘が大胆を超えて、もはや僕の認識さえ揺らいでいく……まずいぞ目を覚ませ！


女子大生三人組はお酒が回って、まだ楽しそうにしているが、僕はそろそろ眠くなってきた。うさぎも少し、目がとろんとしている。

「うさぎ、僕は露天風呂(ぶろ)に入って寝るぞ」

「じゃあ、うさぎもそうします」

僕らはあいさつをして、食堂を後にすることにした。

「あれー、もう行っちゃうんですかー？　飲みましょうよー」と岩井さん。

一番落ち着いた雰囲気だったが、お酒が回ってぐだっている。夜遅くなって前髪もすっかり崩れていた。髪が細いから、崩れやすい髪質なのだろう。

「僕らはそろそろ……」

そう返事すると、岩井さんは「また明日ですねー」と、僕らに手を振った。

食堂を出ると、僕らは部屋で用意をしてから、浴場に行くことに決めた。

「さすがに男湯には入ってこないよな」

「女湯に来てもらうのは……かまいません」

「誰も聞いてないぞそんなこと」

よく見ると、うさぎは顔が真っ赤だった。恥ずかしいなら言わなきゃいいのに！


一階の浴場に入ろうとしたとき、従業員の湯浅(ゆあさ)さんとすれちがった。

湯浅さんは男性職員では一番の高齢で、六十歳くらいだろうか。

白髪交じりでメガネをかけた、優しげな人だ。軽く会釈(えしゃく)をして、僕は浴場へ向かった。

そしてのんびり、露天風呂につかった。他には誰もいない。

お風呂は広く、ひとりで入るのがもったいないくらいだ。かなり上の方に屋根があり、雪が降っていても大丈夫なようになっている。男湯と女湯は、三メートルほどの大きな竹の柵(さく)で区切られていた。特に音は聞こえない。静かな夜だ。

うさぎはまだ入っていないのかな？

それとも、ゆっくり浸かっているのかもしれない。

少し寒いけど、降る雪を見ながらあったまるのもいいものだ。僕は湯船のへりに両手をかけ、空を見上げた。

——ようやく一息つけた。

骨まで染み通るような、心地よさに目を閉じる。

まどろみながら思う。何で僕は、ストーカーとふたりで旅行しているんだ？　そもそもうさぎは、ストーカーなのだろうか？

思えば最初は、その美少女っぷりに面食らったものだ。そしてその美少女は、なぜか僕に好意を寄せ、異常なアタックを仕掛けてくる。そんなうさぎがうっとうしかったり、でも時に励ましてもらったり。僕にとって、うさぎとはどんな存在なのだろう。

思っている以上に大切な存在なのかも——

僕は静かに、目を開いた。首を倒してそのまま後ろを向くと、竹の柵が目に入る。

「…………ん？」

何かがおかしい。僕は違和感を覚えた。その理由はすぐにわかった。

竹柵の上辺が、まっすぐじゃないのだ。一部分だけ、出っ張っている。

その出っ張った部分に目を向けた。すると、それは——

ほほえんだ、うさぎの首だった。

「うわあああああああああ！」

ザバーンという音と水しぶき。僕はあわてて、湯船から立ち上がった。

「迅人さん、どうしたのですか？」

しゃべった！　よく見れば両手を竹にかけている。

のぞいているのだ、あんな高いところから。よく見れば肩まで見えている。

「ど、どうしたじゃない！　何してるんだそこで！」

「何って、ちょっと迅人さんのことが気になりまして」

「どうやって登ったんだそこに！」

柵は三メートルほどの高さだ。

「迅人さんを想う気持ち、それ故ですっ」

うさぎは言葉を弾ませた。

「頼むからすぐに戻ってくれ！　それより、うさぎ、首の下は……」

「それはもちろん、お風呂ですからタオルも巻いてません」

そう言いながら、うさぎは上半身を見せようとする。僕はあわてて目をつぶり、

「やめろそれ以上は！」

鎖骨が見える程度で止めた。うさぎは残念そうにしているけど、絶対にやめろよ……。

「ずっと見てたのか、そこで」

のんびり浸かっているのを、延々と見られていたのだろうか。

「いいえ、迅人さんが気付く数秒前です」

うさぎは大きく首を横に振った。でも、何かがおかしい。

「いや、ちがうぞうさぎ。ずっと見てただろ」

僕は嘘を暴いた。うさぎは目を丸くすると、

「何でわかったのですか？」

「お風呂に入ると湿気で、前髪が束になるよな。その束がちょっと凍り始めてるぞ」

うさぎの重めの前髪は、いつもつやつやだ。

でもそれが今は、ぱらぱらといくつかの束になり、すきまからおでこが見えている。そしてその束が、凍って固まり始めているのだ。首を横に振ったときの、前髪の動きが不自然だったからわかった。

まだ髪は洗っていないようだが、湯気を浴びた後で寒い柵上にいたから、そうなったのだろう。

前髪が凍るほど長い時間、柵にしがみついたままって、何という行動力だ……。

僕がうさぎの嘘を指摘すると同時に、

「くしゅん！」

うさぎがかわいらしいくしゃみをした。

「ほら！　風邪ひくから戻れよ」

「さすが迅人さん、名探偵ですね。バレたらしょうがありません」

変装した怪人みたいなことを言っている。

「うさぎの負けです。それでは、もう少し浸かってから出ます」

「ああ、そうしてくれ」

「迅人さんも、ずっと裸んぼだったので、もう一回あったまった方がいいですよ」

そう言い残し、うさぎは首を引っ込めた。

——ずっと裸んぼ？　僕は自分の体に目を向けた。

「しまったあああああああああ！」

僕は一糸まとわぬ姿で、うさぎと話していたのだ。恥ずかしい！

そして頭に血がのぼると同時に、

「くしゅん！」

僕までくしゃみしてるじゃないか。

「風邪ひきますよー」

と、柵の向こうからうさぎの弾んだ声。何をふたりして、同じことやってるんだ。

僕は顔まで浸かって、あたたまり続けた。


地獄のような恥ずかしさと緊張感で、僕は部屋に戻った。

ドアを開けると、部屋は静かだ。まだうさぎはお風呂だろうか。

僕は出窓にかけていた上着を、ベッドルームに持っていくことにした。

上着を持って入ると、ツインベッドの一方で、うさぎがすやすやと眠っている。

もうお風呂からあがっていたようだ。長旅で疲れていたのだろう。

さっきのように、兎突猛進でいつも僕を悩ませる、あのパワフルなキャラからは想像もつかないほど安らかな寝顔だ。スースーと息が漏れている。

――かわいらしいな。

僕は上着を壁にかけると、少しずれていた掛け布団をかけ直してやった。

うさぎはむにゃむにゃと寝言で、

「しばらく……共に時間を過ごすことで……迅人さんはうさぎを好きになる……」

思わず顔が引きつる。出発前に言ったことが、印象に残っているようだ。寝ている間も暗唱されるほど、たいしたことを言った覚えはない。

「しばらく……抱き合う時間を過ごすことで……」

しかも解釈が変わってきている。そのとき、うさぎの手が僕に伸び、

「うわっ」

そのまま僕はベッドに押し倒される。

「おいっ、やめてくれ。うさぎ起きろ」

むりやり引きはがそうとした。でもそのとき、

「迅人さんのことが……好きなのです……」

うさぎはむにゃむにゃしながら言った。まだ寝ているようだ。

「うーん、うさぎは迅人さんの力になりたいのです……」

——そんなこと言ってる。僕はうさぎをはがそうとする手を下ろした。

むりやり離れるのも悪いかな。うさぎの鼓動が響く。

繊細に揺れる長いまつげが、まっ白なほっぺに影を落としていた。

——寝てるし、こうしておいてやろう。

僕は、そのまま寝ることにした。

「迅人さんはうさぎのことが、好きなのです……」

うーん……、でもどうしよう。この思い込みの激しさはやっぱ怖い。

そして、寝言を言うたびに動くくちびるが、僕をドキドキさせる。

どうしよう、うさぎの寝顔から目が離せない。

寝るんだ、寝よう。僕は目を閉じた。

すると今度は、目を閉じた分だけ聴覚が鋭敏になり、うさぎの寝息が僕を惑わす。

ダメだ、寝息が気になる！　僕は目を開けた。

すると今度はうさぎの寝顔が……となり、僕は、僕は……。

どうすればいいのだ！

結局、朝まで抱きつかれたままだったので、僕はベッドを移ることもできず、ほとんど一睡もできなかった。うさぎの寝顔と寝息と、肌の感触と。そんな、静かな夜だった。うさぎを感じながら、僕は朝まで過ごしたのだ……眠れるわけがない！

6

そして翌朝。

――ガサッ。

裏庭の方で何か音がした気がする。勘違いだろうか。

僕は首を起こして、窓の方に顔を向ける。そして、そっとベッドから出た。

「うーん……」

寝不足でぼーっとした頭をスッキリさせようと、僕は部屋の窓を開けた。

外を見ると、雪はやんでいた。裏庭に積もった雪を朝の光が照らしている。きらきら光って幻想的な光景だ。

ただその雪に、何か跡がついている。誰かの足跡ではないだろうか。

足跡の上に雪が降りかかったが、完全には消えなかったようだ。

――ん？　おかしいぞ？

その足跡は、旅館から一直線に、ビニールハウスに向かっている。

そして突き当たると同時に、ハウスの入り口とは逆の右方向へ進んでいた。

ここからは見えないが、おそらく足跡の主はハウスの周囲をぐるっと回っている。

左側面の入り口あたりに、奥からやってきた跡が見えた。何だか、周囲を探っているかのような跡の付き方だ。そして、中から出てきた足跡は、旅館へ戻ってきていた。戻る足跡の方は、まだ比較的はっきり残っている。

——何か、嫌な予感がするな。

おかしい。ビニールハウス内に何かの影が見える。ビニールは湿気でくもり、中は見えにくい。ただ、何かがよりかかっているようなのだ。

うさぎは寝ている。僕は半纏を羽織ってひとり部屋を出て、一階へ降りた。

そして裏口から外に出た途端、息が漏れる程度の小さな鳴き声がした。

横を向くと、そこにいたのはヒモに繋（つな）がれたペスだ。雪が降ったから、庇（ひさし）のあるこっちに連れてこられたのだろう。地面にぺたっとあごをくっつけて、ジーッとこっちを見ている。僕が怪しく見えているのかもしれない。

ペスに軽く手を振ると、僕は裏庭を通り、ビニールハウスへと入った。

入り口のビニールののれんをくぐると、もわっとした空気に襲われる。暑さと湿気があるから、ここに長時間いるのはきつそうだ。

僕はビニールハウス内を進んでいった。山道に生えていたマリーゴールドが、黄色い花を咲かせている。近づくと、あいかわらずすごいにおいだ。

奥に行くと、木製の机と椅子（いす）がある。僕はそっちへ向かった。

「…………ん？」

椅子のそばに、何かが見える。さらに近寄ってみると、

「これは……」

田渡さんが、こちらに後頭部を向け、地面にひざをついてビニールによりかかっていた。顔は見えないが、背の高さからわかる。頭部からは、まだ血が流れている。

「田渡さん！」

僕は近づき、横から顔をのぞいてみた。

やはり田渡さんだ。目をひん向いて、微動だにしない。

首に指を当ててみるが脈もない。もう死んでいる。

血が流れ続けているし、殺害されて間もないようだ。嫌な予感がして来てみたら、殺人事件の第一発見者になってしまった。そのとき突然、

「うわあああああ！」

後ろから叫び声がした。振り向くと、湯浅さんが目を見開いて立っている。

「も、望月様……何をして……」

「ちがうんです！　僕も今来たところで――」

「だ、誰か、誰か――！」

僕の説明は聞いてもらえず、湯浅さんは身をひるがえし走っていった。

「話を聞いてください！」

あわてて僕は、湯浅さんを追いかけた。また、またこんなことになるのかー？

結果、朝っぱらから大騒動だ。

「みなさん起きてください！　人殺しです！」

「そうではありません、僕ではありません！」

ふたりして大声を上げながら、旅館中を走り回った。

「迅人さん！」

まず現れたのは、やはりうさぎだ。手にスマホを持っている。

「どこに行っていたのですか？　無駄ですよ、逃げようだなんて」

スマホに映っているのはGPS追跡画面か……って、また発信器を取り付けたのか！

「今は待ってくれ、事件なんだ。あと発信器はやめてくれ」

うさぎは『事件』の一言に、目を丸くした。

次に事情を知らない釜井さんが、食堂の方から現れた。朝の準備を始めていたようだ。

「どうされたんですか、一体？　湯浅さんも見えなくなったと思ったら……」

そこに、湯浅さんが焦った様子で告げた。

「女将さん、ビニールハウスで田渡が死んでいるんです。望月様が……」

「えっ、何ですって！」

釜井さんは口に手を当てた。

「迅人さん！」

うさぎまで同じポーズを取っている。お前はおどろくなよ。ちょっとは慣れてくれ。

僕が弁解を試みようとしたとき、

「どうされました？」

町山さんが不思議そうにやってきた。ほてったような顔色だ。髪も艶（つや）っぽい。従業員は早朝にお風呂に入ることもあると、湯浅さんが言っていた。出てきたばかりなのかもしれない。

そこに坂宮さんもやってきた。町山さんと同じように髪の毛を濡らしているが、こっちはまだ髪がバサバサだ。

「ん、どうかしたんですか？」

と、不思議そうにしている。

しばらくすると、女子大生三人組も一緒になってやってきた。

昨日の酔っ払いモードは終わり、髪型はまた元通りきれいにしている。服装もここにやってきたときの格好だ。

「何かあったんですか？」

釜井さんは人が集まってきたところで、

「湯浅さんと望月様、もう一度詳しく話をお聞かせください」

すると湯浅さんが、

「先ほど、ビニールハウスに向かう望月様をお見かけしました。真剣な顔付きでしたので不思議に思い、後をつけたのです。すると、ハウスの中で望月様が田渡を殺して――」

　その言葉と同時に、一同がどよめく。そして、僕に冷たい視線が向けられる。

「だからちがうんですって！　僕も異変を感じてビニールハウスに行っただけです。湯浅さんが入ってきたときは、ちょうど脈を取っていたんです」

「しかし、凍り付くような顔は――」

「死体を目の当たりにしたら、顔も強張りますよ！」

　だが、一回付いた印象はなかなかぬぐえないものなのだ。

「私の目には、望月様がやったようにしか……」

　湯浅さんは僕が犯人だと信じ込んでいるようだ。

　あまり使いたくない手だが、僕はうさぎに助けを求めた。

「うさぎ、僕に発信器を付けてたんだろ？　アリバイにならないか？」

　するとうさぎは得意げに、

「はい。うさぎが起きて確認したときは、すでに迅人さんはビニールハウス内にいました。ということで迅人さんには、ビニールハウス内にいたというアリバイが成立します」

　……………容疑が濃厚になっているじゃないか。

　眉をひそめる、僕とうさぎ以外の全員。

　何でよりによってこういうときに、ちゃんと見ててくれないんだ！

「とにかくらちが明きません。ビニールハウスまで行きましょう」

　釜井さんの提案で、僕らはビニールハウスへ向かった。うさぎは相変わらず、僕の背中にひっついていた。

　雪の上の足跡を見てもらうため、裏口からまず僕が外に出て、次に釜井さんが裏庭に足を踏み入れた途端――

「きゅうううううん！」

　ペスのものすごい鳴き声がした。

「きゃっ！」

　びっくりしたうさぎが、僕に思いっきり飛びついてきた。

「うわっ、やめ……」

　僕はうさぎに抱きつかれたまま、あお向けに雪の中へと倒れ込んだ。

　視界一面には青い空。雪のじゅうたんに寝っ転がる、うさぎとふたりで……なんてシチュエーションではない。

　うさぎは僕の上からどこうとしない。そんな間、ペスは釜井さんにじゃれついて、きゅんきゅん鳴いている。

　僕と湯浅さんの足跡が崩れないように、僕らは裏庭の左方から回り込むようにして、ビニールハウスへ向かった。

7

ビニールハウス内の死体を見て、全員絶句している。

山岡さんは「うそ……」と口に手を当て、岩井さんも呆然として三つ編みをさわっている。島寺さんは両手の爪をこすっている。

「そんな、なぜ田渡くんが……」

釜井さんが声を震わせた。そんな釜井さんの肩に湯浅さんが手を置く。

「この通りです。すぐに警察を呼びましょう」

釜井さんは胸に手をあてて、決心したように大きく深呼吸すると、

「そうですね。電話をかけますね」

と、携帯電話を取りだして「もしもし……」と警察を呼んだ。

「ねえ、あのままじゃかわいそうだし、何とかしてあげましょうよ」

町山さんが言った。だが、警察が来る前に勝手なことはできない。

「警察が来たら実況見分が始まります。それまでは、このままにしておきましょう」

僕が言うと、町山さんは少しけげんそうな顔をした。

「……ずいぶん、冷静ですね」

犯人のくせに、いやに落ちついているとでも思っているのだ。さっさと素性を言ってし

まおう。

「すいません、僕は探偵事務所を経営しておりまして」

従業員は初耳だったはずだ。町山さんを初め全員、おどろいている。

「迅人さんはこれまでに、何度も難事件を解決しているのですっ」

うさぎが僕の後ろから顔を出した。

やや事実と異なるが、僕はひとまずうさぎの言葉を否定せず、

「現場はこのままにしておきましょう」

そこに坂宮さんがけげんそうに、

「もう証拠隠滅が終わったからか？　でも、湯浅さんに見られて台無しだな」

……結局今回ももたれ体質か。あまり大事にならなければいいが。

「事実とは異なりますので、自分で容疑を晴らすしかないですね。僕が田渡さんを発見したとき、旅館から出て、戻ってくる足跡が一組だけありました。この中に、犯人がいます」

僕の一言で、沈黙に支配される室内。全員、心配そうに互いを見やるだけだ。

そのとき、山岡さんが少し言いにくそうに、

「あの……でもさ、望月さんが犯人だったら、足跡とか関係ないよね」

ごもっともだ。どうも今の僕が、何を言ってもむだな気がする。

「犯人だったら……ですよね。わかりました。まずここから出て、警察を待ちましょう」

僕らはいったんハウスを出ることにした。

突然の出来事による衝撃とハウス内の暑さで、こめかみから汗をたらす人が何人もいた。

とりあえず館内に戻り、警察を待つ。

釜井さんは気丈にふるまっているが、顔は一気に疲れていた。

一度髪をほどき、全部を後ろで一つにしばり直しながら、島寺さんが言った。

「そういやさ、もうひとりの人は呼ばないの？　何かあやしい感じだったじゃん」

そうだ、まだひとりいた。さすがに今は、遠慮している場合ではない。

釜井さんは少し考えてから、

「……場合が場合です。片桐様には私が説明します」

男性の客は、片桐という名前のようだ。

でも、釜井さんひとりでは心配だ。僕も手を上げた。

「僕も行きましょうか。こういうときの説明でしたら、一応慣れていますし」

しかし、この言葉に坂宮さんが反発した。

「望月さんは今犯人第一候補ですからね。あまり変な真似（まね）しないでください」

乱暴な言い方を、釜井さんがたしなめる。

「坂宮くん。まだ決まったわけではありません。望月様、申し訳ございません」

丁重に頭を下げられた。僕はあわてて「大丈夫です」と言う。

坂宮さんは不満げに、

「んなこと言ったって、俺だって殺人犯と一緒にいたくないですよ。っていうかさ、望月さんと片桐さん、ふたりもあやしい人が来るとかおかしいですよ。共犯じゃないですか？」

どんどん話が広がっていく。これがもたれ体質の怖いところだ。

最初はささいな疑念でも、小さなかたまりはだんだん大きくなっていき、やがて僕は完全に犯人扱いされてしまう。

そうなる前に僕自身が事件を解決しなくてはならない――できてないんだけど。

「今思い出したのですが……」

釜井さんが切り出した。

「部屋に案内したとき、片桐様は望月様を見つめていたように思えました。何かつながりでもあるのでは？」

一転、釜井さんにまで疑われ始めた。僕は弁解するしかない。

「たしかに片桐さんは僕を見ていました。でも、僕にも理由はわからないです。片桐さんとは初対面ですし、誰か知り合いと似ていただけだと思います」

「苦しい言い訳だな。だったらさ」

坂宮さんが一つ提案をした。

「望月さん、ひとりのふりをして、片桐さんの部屋のドアをノックしてみてください。それを俺たちは隠れて見ているので。そうすれば、出てきた片桐さんの反応で、顔見知りかどうかわかります」

妙案というほどでもないが、何でもいいからたしかめたかったのだろう。

無言の圧力に押されて、僕は片桐さんの部屋に行くことになった。

「迅人さんは犯人ではありません。うさぎも行きます！」

うさぎにも押し切られ、僕と釜井さんと坂宮さん、うさぎの四人で向かうことになった。

「片桐様は二階の部屋をお使いです」

釜井さんに案内されて僕らは、二階にあがって一番左端の部屋へ向かった。昨日、ビニールハウスをのぞき込む僕を、片桐さんが見つめていた部屋だ。

音が気になるから隣を空室にしてほしいという希望があったが、端の部屋に案内することで妥協してもらったらしい。

そして僕ひとりでドアをノックした。他の三人はドアの陰になるように、離れて見ている。

「すいません、片桐さん」

しかし、返事はない。中にいないのだろうか。

何回かノックして声をかけると、突然――

バタン！　ドアがものすごい勢いで開いた。そして中から、ぼさぼさに逆立った髪に、無精ひげの男が顔を出した。上下スウェット姿で、メガネとマスクは外していた。

「……声をかけてくるなと言っただろ」

男はそう言い放って、すぐにドアは閉じられた。

「片桐さん！　話を聞いてください！」

僕はドアをノックするが、それきり反応はなかった。

仕方なく戻ると、坂宮さんが勝ち誇った顔で、

「今の片桐さんの言い方だと、望月さんと片桐さんは、ここでは他人のふりをするつもりだったということですよね」

あまりにもはっきり言うものだから、僕は説明するしかなかった。

「単に片桐さんは、僕をここの従業員とまちがえただけですよ。片桐さんは静かにしてほしい旨（むね）をあらかじめ伝えていました。ドアをノックされたときの返事として、何らおかしいものでもありません」

「そんなの、何とでも言えるじゃないか」

坂宮さんが吐き捨てるように言った。

ああ、そうさ。その気になれば何とでも言えるんだ。

僕が犯人だとも、ね。

……ということで、僕の容疑はやっぱり晴れることはないのだった。

「迅人さんは頭脳明晰（めいせき）なので、やるならもっと慎重に犯行に及ぶはずです！」

うさぎが反論を絞り出したが、何のフォローにもなっていない！

僕はいつも通り、この不思議な体質に翻弄（ほんろう）されるばかりだった。

そのとき、外で車の止まる音が聞こえた。

8

片桐さんをのぞく全員で外に出ると、パトカーが数台到着していた。

続々と警察官が降りてきたが、その真ん中に立っていたのは――

「あれ、この間の」

「あ、望月さんの弟じゃないか」

影山刑事だった。以前にこの山のペンションで殺人があったときに、現場にやってきた刑事だ。考えてみれば当然このあたりも管轄（かんかつ）なのだろう、また会ってもおかしくない。

「よく事件に遭遇する弟だな。今日は望月さんは？」

「今日はお姉ちゃんはいないです。僕もねらって遭遇しているわけじゃないですよ」

「ったく、行く先々にお前がいたらそりゃ疑うよ。それで、現場は？」

「こっちです」

釜井さんと湯浅さん、僕とうさぎの四人で裏のビニールハウスへ案内し、他の人たちには待っていてもらうことにした。不思議そうに、湯浅さんが影山刑事にたずねた。

「あの、望月様とはお知り合いで……」

「彼の姉は警視庁捜査一課の刑事です。そして探偵である彼とその恋人にも、以前に事件解決に協力してもらったことがあります」

　僕にくっついていたうさぎが、パッと顔を上げる。今の発言のどのワードに引っかかったのかは明らかだな。

「それはそれは……」

　湯浅さんは気まずそうに、僕に目を向けた。犯人扱いしてマズかったと思ったのだろうか。影山刑事もそれを察したらしく、

「気遣いはいりません。彼は疑われる星の下に生まれているので。それに今回の事件は今回の事件で、公平に捜査します。もし彼が犯人なら逃がしませんよ」

「僕はやっていません」

「どうだかな……。じゃあ証明するために、きちんと捜査に協力しろよ」

　影山刑事は笑った。

　現場を見てもらうため、裏口を出ると、

「きゅううううん！」

　またペスが釜井さんに飛びついた。

「うわああ」

　うさぎもまた恐怖のあまり、僕に飛びついてくる。その拍子に、思わず雪の中に突っ込んでいった。

「何やってるんだ、現場を荒らすのは勘弁してくれ。これが、その足跡だな?」

影山刑事の質問に、僕は雪を手で払いながら説明した。

「はい、奥にあるビニールハウスまで続いています。外からうかがっていたのか、足跡は入り口とは反対側から回り込むようにしてついています」

「なるほどな。ビニールハウスなら、中を探るのはたやすい」

そのとき、僕はおかしなことに気付いた。

「そういえば、足跡は一組しか見当たりませんでした。田渡さんは、雪が積もる前からハウスにいたのでしょうか?」

僕の疑問に、釜井さんが答えてくれた。

「田渡は、勤務時間外はしょっちゅうハウス内にいました。ずっとハウスにいるのはおかしなことではありません」

湯浅さんも続けて答える。

「雪が降り出したくらいに、裏口の方へ向かう田渡を見ました。たぶんそのときに行ったのだと思います」

残っていた足跡が一組なのは、おかしなことではないようだ。

僕らは足跡をつぶさないように確認しながら、そのままビニールハウスに入った。

「むわっとしてるな。暑いし湿気がすごい」

影山刑事は眉をひそめる。そんな中を、四人と捜査員で進んだ。

そして、死体のある場所にたどりついた。影山刑事は田渡さんの死体を見ると、

「むごいな……。それで第一発見者が弟くんだったんだな」

優秀なお姉ちゃんを知っているから、余計に僕が子供っぽく見えるらしい。悪気はないのだろうが、弟くんだなんて言い方をしてくる。

「そうですよ」

僕はむすっとして言った。そして、警察の現場検証が始まった。

現場は僕が見たときのままだ。死体はビニールに顔を向けて、倒れかかっている。

「影山さん、これを」

若い刑事が、椅子の座面を指差した。木製で背もたれのない椅子の座面に血痕が残っている。

「犯人はこれを使ったのではないでしょうか」

「そのようだな。振り上げて後頭部を一撃か」

「そしてあちらには」

刑事が別の方向に手を伸ばした。

そちらに落ちているのは、裏口に置いてあったカッパだ。

「雪が降っていたので、あれを着てここに来たのでしょう。血痕がわずかに残っていました。鑑識に回して詳しく調査します」

「そうだな、よろしく頼む」

その後も、てきぱきと検証を進める捜査員を、僕らはだまってながめていた。

影山刑事が、

「それじゃあ、一応ハウス内を一周してみるか。弟くんたちもどうだ?」

誘われたので、僕らもついていくことにする。

ビニールハウスの奥には、園芸用品が整理されていた。

肥料や腐葉土が入った袋もきれいに積み重ねられていて、一番上の袋だけが開封されていた。スコップなど道具類も、そろえて置いてある。

「特に争った様子もないですね」

僕が言うと、影山刑事もうなずいた。

「そうだな。被害者は死体があった場所あたりにいて、そこでやられたようだな。手がかりになりそうなのは、椅子とカッパぐらいか」

「迅人さん、ここに何か置いてあった痕跡がありますよ」

そのとき、うさぎが地面にしゃがみ込んで言った。

道具類の脇(わき)に、一メートル四方の四角いものを横並びに二台、置いてあったような跡が残っている。僕も一緒にしゃがんで見ると、

「何だこれ、冷蔵庫でも置いてあったみたいだ」

「そんなバカな。園芸用品でも置いたんじゃないのか? 事件と関係あるとは思えない」

影山刑事は特に意に介していないようだった。たしかに、たまたま跡が残っていただけ

で、事件との関連性を疑うのは早計だ。

「釜井さんと湯浅さんは何か知っていますか？」

「いいえ。この中での作業は田渡に任せっきりでしたので。こんなことになるなら、もっと従業員管理をしっかりしておくべきでした」

釜井さんが答えて、湯浅さんもうなずいた。

影山刑事はこめかみの汗をそでてぬぐうと、

「これ以上は手がかりはなさそうなので出るとしましょう。こうも蒸し暑いと、ちょっといるだけで汗がすごいな」

そこに鑑識官がやってきて、影山刑事に報告があった。

「何、そうなのか。わかった」

影山刑事は話を聞き終わると、僕らの方を振り向いた。

「犯人はビニールハウスに入った後、中を歩き回ったようだ。まだ新しい葉が、ハウス内の数ヶ所に落ちていたらしい。コケモモの一種で、ハウスの外に植えてある。冬でも葉を落とさないが、ハウスの奥の方にも、葉が落ちていたらしい。犯人がハウスの周りを歩き回った際に、そのコケモモを踏んづけていることも確認できた。踏んづけた際に雪で濡れた靴に葉が付着して、それがハウス内で落ちたようだな」

「なぜハウス内を歩き回ったんですかね？」

「わからないが、随分とあちこち忙しい犯人だな」

その通りだ。犯人はビニールハウスの外をぐるっと回ったうえに、中に入ってからも動き回っていたことになる。何の目的でそんなことをしたのだろうか。

僕らはハウスから出た。事件解決の決め手になりそうなのは、やはり椅子とカッパだろうか。

自分で考えてはみるのだが——

正直、ふがいない僕は、どこかで期待するようになってしまっている。うさぎが僕をトレースして、事件を解決するのを。ついつい、今回も、と考えてしまうのだ。

いや、やめよう。ちゃんと自分で解決できるようにならないと。

このままでは、僕はうさぎに頼りっきりになってしまう。


旅館に戻ったところで、僕は影山刑事から再度聞かれた。

「発見時の様子をもうちょっと詳しく教えてくれるか？」

「はい」

早朝に外を見たら、一組の足跡があったこと。ビニールハウスに影が見えたこと。田渡さんは死んで間もないようだったこと。それを確認しているところを湯浅さんに見られたこと。とにかく僕の行動を、そのまま伝えた。

「わかった。本当に弟くんが犯人だとは思ってないが、早く解決しないと他の従業員、宿泊客には疑われたままだぞ。ちなみに犯人は、裏口にある長靴をはいてビニールハウスに行ったようだ。そこからは手がかりは見つかっていない」

そうだ、がんばらなくては。でも弟くんって言い方、やっぱ腹立つな。

「迅人さんを疑う人は嫌いですっ」

うさぎがぷくっと、ほほを膨らませて言った。

「おっ、頼もしいな彼女」

「それと、迅人さんのこと、弟くんって言うのやめてください！」

えっ、僕が嫌がっていることに勘づいたのか？　よくやったぞ、うさぎ。もっと言ってやれ！　調子よく、内心でうさぎを応援していると、

「どうせ呼ぶなら、彼氏さんか旦那さまのどちらかにしてくださいっ。対うさぎの関係で呼ぶようにしてください。もっとふたりの関係を周知させてください！」

……そういう意味で言ったのか！

9

「もうひとり、宿泊客がいるそうですね」

影山刑事が、釜井さんにきいた。

「はい、片桐様という方がお部屋にいらっしゃいます。先ほど望月様が――」

釜井さんは、さっき片桐さんの部屋に行ったときのことを説明した。

「あまり協力的ではなさそうですね。それなら、私どもが呼んできましょう」

影山刑事と部下は、片桐さんの部屋へと向かった。

そして数分後、片桐さんが二人に連れられてやってきた。さっきと同じ上下スウェット姿で、髪の毛もボサボサだ。

片桐さんは釜井さんに不満げに言った。

「どうしてこうなっていることを教えてくれなかったんだ。こんなことなら、さっさと帰ればよかった」

それを影山刑事がたしなめる。

「そうはいかないですよ。旅館内にいた以上、あなたも容疑者のひとりです」

片桐さんはこめかみをひくつかせた。

これで全員そろった。


何だかんだで影山刑事は、僕を信用してくれているようだ。

「俺が話を聞くから、気になる点がないか注意していてくれ。頼むぞ、疑惑の第一発見者」

僕に近付いて、こっそり言った。そしてみんなの前に立つと、

「では、話を伺わせてもらいます。望月さんが死体を発見したとき、田渡さんは殺害されて間もないようでした。はっきりとしたアリバイのある方はいますか？」

しかし、慌ただしい朝には、誰もちゃんとしたアリバイは主張できないようだ。

まずは釜井さんが、

「私は厨房で朝食の準備をしていました。そこに湯浅さんが来ました」

湯浅さんもそれを受けて、

「私もいつも通り準備するつもりでした。ですが、裏庭に出る望月さんを見かけて不思議に思い、後を追いかけました。私が厨房に入ったのは、望月様を見かける直前です」

ふたりが一緒にいた時間は短いようだ。影山刑事が質問した。

「朝食の準備中に、何か物音とか、変わったこととかありませんでしたか？」

これについても、ふたりとも心当たりはないようだった。

次に、朝に大浴場を使っていた従業員ふたりだ。

「そういえば、町山さんと坂宮さんは、浴場を利用していたようでしたね」

町山さんは坂宮さんに目を向け、

「私は起きてすぐ浴場に行きました。ちょうど私が出たときに坂宮くんと会いました」

坂宮さんもうなずいた。

「うん、俺は早朝に風呂に入ることが多いんだ。風呂から出たら大騒ぎしているからビックリしたよ」

次は宿泊客だ。影山刑事は女子大生三人組と片桐さんの方を向くと、

「それでは、次に山岡さん、岩井さん、島寺さん、それに片桐さんにも話を聞かせてもら

っていいですか?」

　山岡さんはきれいに整った前髪をなでながら、

「そんなこと言っても、少し二日酔いでぼーっとしてたし、ねえ?　私も自販機コーナーに行って部屋を出たりしたし、何か聞かれても……」

　ふたりもうなずいた。そこに僕が、朝のことを思い出しきいた。

「三人とも、部屋を出てくるのが遅かったですよね?」

「どうしようって三人で話していました」

　岩井さんはそう言うと、メガネを軽くさわった。

「夜は普通に寝てただけよ」

　島寺さんも、ポケットに手を入れてため息をつく。三人とも困惑するばかりで、重要な証言は得られない。

「では片桐さんはどうでしょうか」

　影山刑事にきかれると、片桐さんは苦々しい表情で、

「俺はずっと部屋にいて何もしていない。朝にこいつが来たくらいだ」

　顔を向けずに、手だけで僕を指差した。

「何か気になった点はありましたか?　外がうるさかったとか」

「ない。静かだった」

　やはり、早朝の事件では、アリバイが証明されている人物などいない。

「なるほど、わかりました」

影山刑事が話を切り上げようとすると、湯浅さんが、

「望月様と朝比奈様のアリバイは調べないのですか？」

と言って僕を、疑いの目つきでにらんできた。僕とうさぎは顔を見合わせると、

「部屋で寝てた……だけだよな」

「はい」

「ならば、やはり望月様が犯人なのでは？」

湯浅さんからしたら、そう考えるのは当然だ。全員アリバイがないのなら、僕を疑うだろう。

「そう考えることもできますが」

と、影山刑事は湯浅さんに理解を示しつつも、

「しかし望月さんには動機がありません。もう少し詳しい捜査が必要です」

ということで、次に、動機についても質問した。

「田渡さんに、何か殺害されるような動機はありそうですか？」

これには釜井さんが代表して言った。

「たしかに田渡は愛想が悪かったです。従業員も気を使っていたのですが、なかなか周りに溶け込まなかったのは事実です」

従業員一同がうなずいている。町山さんがそれに続いた。

「その通りです。こっちも気持ちよく仕事してほしいので歩み寄ったのですが、心を開いてはくれませんでした。動機を持つほど親しくなかったというのが、正直なところです」

「あいつとはただの同僚、それだけさ」

坂宮さんの言い方に、従業員は納得していた。

僕は思わず口に出した。

「この中の誰かに、隠された動機があるのかもしれませんね」

坂宮さんがすかさず、

「おいおい、さっきは動機がないってことで、あんたは容疑から外れたんだろ？　隠された動機があるのなら、あんたも例外ではないぞ？　結局、あんたは何がしたいんだ？」

うっ、余計なことを言ってしまった。容疑を晴らしたいだけなのに……！

坂宮さんの言葉に、片桐さんが立ち上がり、

「何だこいつが犯人か。じゃあもういいだろ」

そう言って、部屋に戻ってしまった。


警察の捜査が進む中、僕らは不安になりながら、各々（おのおの）の時間を過ごしていた。

僕は和室で、腕組みをして考え込む。

「はーやとさんっ」

僕の顔を、ひょいっとのぞきこむうさぎ。

「ごめん、今はちょっと考えさせてくれ」

「ふーん。いいですよー」

うさぎは口をとがらせて、ベッドの方へ向かった。

うさぎなりに、邪魔にならないようにしてくれたようだ。僕はゆっくり考える。

田渡さんは早朝に殺されていた。一体、なぜあんな時間に？

雪の上の足跡は、ビニールハウスに沿ってぐるっと回っていた。田渡さんの何を確認していたのだろう？　うとうとした瞬間を狙っていた？　背を向ける瞬間を狙っていた？

いろいろと考えてはみるが、何も見えてこない。

一階の自販機に飲み物でも買いに行くか。僕は考え込みながら部屋を出て、廊下を歩き、階段を下りていった。

田渡さんと他の従業員との関係性は薄かったようだ。では、どうやって調べていけばいいのか。

考えごとに没頭しながら、階段を下りていくのは非常にあぶない。ということを、次の瞬間僕は、痛いほど知ることになる。

「うわ――ッ！」

ドスンと音が響く。僕は足を踏み外して、階段を転げ落ちた。

「ど、どうされましたか！」

音に気付いた釜井さんと町山さんが、血相を変えてやってきた。僕はお尻（しり）をさすりなが

ら、

「いや、大丈夫です。気にしないでください」

そのとき二階から声がした。

「は、迅人さん！」

僕らを見下ろしているのはうさぎだった。うさぎはものすごい勢いで駆け下りてくると、

「迅人さんどうしたのですか？　けがしてませんか？　頭打ってませんか？　うさぎのこと忘れてませんか？」

そう言いながら、僕の体中をぺたぺたさわってくる。

こんな存在感の強いキャラクター、そう簡単に忘れられるものではない。

「大丈夫、大丈夫だから！」

「よかったですー」

うさぎはへなへなとその場に崩れ落ちた。本気で焦ったようだ。

あまり心配かけないようにしないとな。そもそも階段から転げ落ちるなんて漫画みたいな真似はもうしたくない。うさぎは顔を上げると、

「迅人さんは、うさぎを置いてひとり部屋を後にすることに後ろめたさを感じてしまい、その考えに気を取られて、足を踏みはずしてしまったのですね。でも、気にしないでください……。四六時中迅人さんと一緒にいたいのはたしかですが、迅人さんのお邪魔はできません。うさぎは大丈夫ですっ」

なぜ、うさぎが譲歩していることになっているのだ。

そのときだった。

「おーい、裏だ！　片桐が逃げたぞ！」

館内中へ、坂宮さんの声が響き渡った。

「迅人さん、今の！」

僕とうさぎは顔を見合わせる。釜井さんと町山さんも一緒に、僕らは全員で裏庭の方を振り向いた。

ビニールハウスの向こう側に、荷物を持って逃げていく片桐さんの姿が見える。

やがてぞろぞろと、裏口あたりに人が集まってきた。

裏庭からやってきた坂宮さんは悔しそうに、

「外をぶらついててさ、ハウス内で何か動いていると思ったら、片桐がいたんだ。俺の声に気付いたら、一目散に逃げていったよ。すまない、つい大声を出しちまった」

「あの人、怪しかったもん。やっぱあの人が犯人で……よかったんだよね」

山岡さんも、ホッとしたような表情を浮かべていた。

その後警察が周囲を探したが、途中で足跡もわからなくなり、完全に見失ってしまった。

「おい、何やってたんだ！」

影山刑事が若い警察官をしかりつけている。警察官は顔面蒼白（そうはく）になりながら、

「申し訳ありません……！　ビニールハウスの外に何か動いたので近寄ったら、そのすきに回り込まれて……」

「とにかく署に連絡してすぐに追え！　山から降りるには時間がかかるはずだ！」

指示を終えると、影山刑事はひざに手をつき、

「こんな失態ないぞ……。あいつが犯人だったのか」

悔しそうに声を絞り出した。こうして片桐さんは逃げていった。

10

「まだ片桐は見つかっていない」

影山刑事は疲れ果てた声で言った。

「戻ってくる可能性もゼロではない。みなさんは、部屋に鍵をかけて過ごすようにしてください」

「何してるんだよ。犯人はすぐそばにいたのに」

坂宮さんが怒った表情で言った。

「坂宮くん」

釜井さんがたしなめるのも聞かず、坂宮さんは文句を言い続けた。

「さっさと逮捕して、自白させればすんだ話だったのに。何のための警察だよ」

そう簡単にはいかないのだが、説明しても無駄だろう。影山刑事もうつむき気味に、だまって話を聞くだけだ。そして、怒りの矛先は僕にも向けられる。

「それより、あんただよ」

坂宮さんは僕を指さした。

「不思議だったんだ。何であんたは、いちいち自分が疑われるような素振りをし続けたのか。湯浅さんに目撃されるし、片桐とのやり取りもそうだしさ。アリバイもなければ、犯罪に隠された動機はつきものだなんて、自分に容疑が向くような言い方するし」

それはもたれ体質のせいだ。でも、そんな風に症状をまとめて言ってこないでくれ。不幸な境遇に暗澹たる気分になる。

「それはたまたま……」

「あんたは片桐が犯行をしやすいように、あえて自分に容疑が向くように仕向けていたんじゃないのか？　さっき階段から落ちたそうじゃないか。それも自分に目を向けさせて、片桐を逃がす計画だったんだろ？　そしてこうして片桐は逃げて、計画は成功。そうとしか思えないよ」

……状況の捉え方によっては、そう思えなくもないか。もたれ体質によってもたれた疑いが、すべて真犯人に有利に働いているという、別レベルでの疑いに連鎖していく。

こんな風に、疑惑は連鎖していくのだ。僕はあらためて思い知らされた。

気が沈む僕に、さらに坂宮さんは追い打ちをかける。

「何か頼りないし、探偵なんて絶対嘘だよ」

「………」

けっこう、今のはズシンと来た。

そうだ。僕はここのところ、事件解決に立ち会っているだけなのだ。全部、うさぎが事件を解決している。坂宮さんに言われても、返す言葉はない。

坂宮さんは、部屋へと戻っていった。

影山刑事は僕の肩をポンとたたき、

「気にするな。今回は俺たちの失敗だ。弟くんは気にする必要はない」

「はい……」

そうこたえるのが精一杯だった。

苦い思いをすることになったが、さらに都合の悪いことがわかった。

片桐さんは、片桐さんではなかった。旅館に伝えた情報はすべてでたらめだったのだ。

やはり片桐さんが犯人だったのだろうか？

11

僕とうさぎも、また部屋に戻った。

へこんでいる僕に気付いているのだろう、うさぎも言葉少なだ。

部屋に着くと、僕はベッドに寝転がる。うさぎはいつもよりちょっとだけ距離を置いて、心配そうに僕を見つめている。

「うさぎ」

「はい」

「ちょっとひとりにさせてくれ」

「……わかりました」

うさぎはとなりの部屋に行った。ドアを閉める音が、カチャリと部屋に響く。

それから僕は、自分への失望と無力感で、いたずらに時間を重ねた。

気が付いたら、いつのまにか夜だ。窓から満月が見える。空気が澄んでいて、すごくきれいに見える。今なら、ウサギが餅つきしているのが見えるのかもしれない。

ふと、朝比奈の方のうさぎのことを思い出した。となりの部屋で、うさぎは何をしているのだろう。落ち込んだりしていないだろうか。僕がふがいないばかりに、嫌な気持ちになっているかもしれない。心配だけど、となりの部屋に行くタイミングがわからない。

そして僕は、再び考え始めた。

——今は必死で考えているから、うさぎのことはまた後で。

そうやって、先延ばしにする自分に言い訳するように。

実は、ひとつだけ気になる点があった。

片桐さんが犯人なら、なぜ殺害してすぐに逃げなかったのだろう？

警察の捜査から逃げられないことを確信したのだろうか。でも現段階では、犯人逮捕につながる手がかりは出てきていないのだ。今逃げたら、自分が犯人であると言っているようなものではないか。それなら、一か八かに賭けて、警察の捜査が自分をあぶり出さないことを期待した方がいい気がする。

単に警察を目の当たりにして、ビビっただけかもしれない。

それとも、何かこのタイミングで逃げる理由があったのか？

…………。

そこで思考は停止して、また、うさぎのことが気になった。

目を閉じると、まぶたの裏にうさぎが浮かぶ。

とうとう、網膜にまでストーカーしてきやがった……！

でも、少しホッとするこの気持ちは何だろうか。

「迅人さん」

……ん？

「迅人さんってば」

……何だ、この声？　幻聴か？

「はーやーとーさん！」

僕は目を開いた。そこには、天井からぶら下がったうさぎがいた。ハーフツインがだら

ん と下がっている。

「ちょ、うさぎ！　いつの間に目の前に」

「うさぎは迅人さんのいるところでしたら、どこにでも行けるのです」

「説明になっていないぞ。本当にどうやって？」

そうだ、僕の視界にずっとドアは入っていた。なのにどうして？

うさぎは得意げに、天井を指さした。天井板が一枚はずれている。

「まさか、屋根裏から？」

「はい。サプライズですっ」

逆さまのうさぎは大きくうなずいた。

「これぐらいはお手のものですが、音をたてずにやるのは苦労しました」

僕は苦笑いするしかなかった。そうだ、うさぎは僕のストーカーだ。規格外の行動力で僕の度肝を抜きまくることを、今また思い知らされた。

――でも、何かうれしい。うさぎが目の前で笑っている。

うさぎはぴょんっと降りてくると、

「迅人さん！」

と、大きな声を出した。

「な、何だ？」

「うさぎは、迅人さんの楽しそうにしている顔が好きなのです。迅人さんは誰にでも優しくて、だからそれで損したりすることもあると思うのです。でも、うさぎはそんな迅人さんが大好きです、大好きなのですっ！」

「あ、ありがとな……」

まくしたてるうさぎに少しひるんだけど、僕はうれしかった。

「そうだよな、落ち込んでばかりいるのもダメだよな。うさぎも、僕の悲しい顔なんて見たくないだろ？」

するとうさぎは一瞬考え込むと、

「うーん。それはそれで、守ってあげたくなる感じで好きですねー」

「ちょっと想定していた回答とちがう……！　まあいいか」

悲しい顔をするとうさぎが悲しむから、僕は笑っていよう、みたいな流れになるかと思ったんだけど。

「迅人さんの気持ちに、うさぎは誠意をもって応えたいのです」

元気づけてもらった手前、さすがに拒否するのも悪いし、かといってうなずくわけにもいかないし、結果。

「いや、だからさ、そうじゃなくて、あの」

あたふたした。情けない！　そんな僕を見て、うさぎはおかしそうに笑い、

「もう、まだ素直になれないのですね。最初からずっとじゃないですか」

そして、大きな瞳(ひとみ)で僕を見つめながら言うのだった。

「迅人さんは、うさぎのことが好きなのですね」

12

「……最初から？　何のことだ？」

「聞きたいですか？」

「ああ」

うさぎはほほえむと、

「それでは教えてあげます。以前にここの近くのペンションに行ったとき、迅人さんが言ったこと覚えていますか？　迅人さんが好きになるのは人間で、もし好きな人がいたらしっかり言葉で伝えるって」

「ああ、そこまではっきり覚えていないけど、言った気がするな」

たしかタヌキを見かけたときのことだ。

「言いました！　うさぎは絶対に忘れません！　迅人さんは言いました！」

ものすごい勢いで近寄ってくる！　圧がすごい。

「わかった、わかった。僕はそう言ったんだな。好きになったら言葉に出して言う……か。何だかペスみたいだな」

「あはは、たしかにそうですね」

うさぎは笑った。

——そのとき、僕の頭にひらめいたものがあった。

ふわふわ頭の中に浮かんでいた、いくつものかたまり。それが、だんだんと中心に寄っていく。これは……おもち？

「待てよ、ペスは好きな相手にキュンキュン鳴く……だよな？」

「そうですよ、それがどうしたのですか？」

「事件の朝、誰もペスの鳴き声は聞いていないよな？」

「そうみたいですね。朝食の準備をしていた釜井さん、湯浅さんも聞いていないようでしたし」

僕も聞いていない。ベッドでうさぎに抱きつかれて、僕は一晩中熟睡できなかった。朝、死体を発見する直前の音の他には、何も聞いていないのだ。

ペスはビニールハウスの入り口脇ではなく、旅館の裏口に鎖を繋がれていた。

あの鳴き声がしたら、絶対に気付いていたと思う。でも、とても静かな夜だった。

「犯人が旅館の人間なら、ペスは鳴いたはず。でも鳴かなかったということは……」

うさぎも気付いたようだ。

「犯人は泊まり客の中にいるということですか？　やはり片桐さんですかね？」

「実際逃げているわけだし、片桐さんがあやしいのはたしかだ。でも逆に言うと、現状逃げたこと以外に理由はないわけだ。だからもう少しフラットに考えてみて、本当に片桐さんが犯人なのか検討してみよう。ペスの鳴き声からすると、女子大生三人組と片桐さんの中の誰かが犯人だから、依然片桐さんがあやしいな。でも動物のことだから絶対はないし、他に手がかりがあるといいんだけど……」

「うわー、迅人さんすごい！」

「うさぎは普段もっとすごいんだけどな……」

「え？　どこがですか？」

どこがって、自分では本当にわかっていないのか？

「あ、それでうさぎの話は終わってませんよ。そんな脱線しないでくださいっ」

脱線先も、けっこう大事な話なんだけど。

「それでうさぎの話です。迅人さん、プライマルワールドでおみやげ屋さんに入ったときのこと、覚えていますか？　プリンがいたところです」

「ああ、覚えてるよ。名前の入ったキーホルダーを買ったところだろ？」

「そうです、そうです！　ちゃんとバッグに付けてますか？」

「あ……」

恥ずかしくて、こっそり外していた。だっていい歳（とし）して、名前入りのキーホルダーなんて。

「実は……」

と言い出すより前に、うさぎは僕の話を止めた。

「迅人さんの照れ屋っぷりはお見通しです。ちゃんと今は取り付けてあります。だから心配しないでください」

僕は目を大きく見開くと、

「はー？　だって事務所の机のひきだしに入れてあったんだぞ？」

どうやってあそこから取り出したんだ？

「心配しないでくださいっ。ちゃんと付けてますっ」

「僕の心配のベクトルがどこ向いているのか、よーく考えてみてくれ！」

うさぎは僕の怒りをスルーすると、

「ともかく、キーホルダーを買ったときです。あのとき迅人さんはこう言いました。『うさぎという名前の人物に、身近では初めて出会った』と」

「あんま覚えてないけど言ったかもな。実際そうだから」

「言いました！」

「わかった！」

また近寄ってこようとするから、あわてて止める。

「初めてだよ、うさぎという名前は」

――そのとき、またまた僕の頭に、ひらめいたものがあった。

頭の中のおもちは、僕の見えないところにもあった。それが次々と集まってくる。くっついて伸びて、様々な形に変わり始める。

「初めて……か。なあ、うさぎ。おかしくないか？」

「何がですか？」

「現場に向かう足跡だよ。ハウスの周りの靴の跡は、中の様子をうかがっていたものではない。もしうかがうなら、あんなふうに旅館から一直線にビニールハウスに近付かないはずだ。もっと回り込むようにして、靴の跡が残るはずなんだ」

「じゃあ犯人は、何をしていたのですか？」

「――初めてだよ。ヒントは『初めて』だったんだ。ハウスを入り口と逆側に回ったのは、入り口がそっちにあると勘違いしたからじゃないか？　まちがえた犯人は、奥から回り込んで逆側にある入り口に向かったんだ。中をうかがうつもりはなかった。つまり犯人は、犯行時に初めて、ビニールハウスに近寄った人物になる。これとペスが鳴かなかったことを考え合わせると……」

「ますます片桐さんが犯人である可能性が高くなりますね」

うさぎが僕の後に言葉を続けた。

――だけど、そうではないのだ。

「ちがうんだ、うさぎ。犯人は片桐さんではない。片桐さんは自分の部屋から、僕がビニールハウスの中をのぞくところを見ていた。片桐さんが入り口をまちがえることはないんだ」

うさぎの顔色が変わった。

「ああ、犯人は片桐さん以外の宿泊客にいる。あの女子大生三人組の中にいるんだ」

「え、となると……」

うさぎは「あの三人の中に……」とおどろいている。

「ちょっとビックリです。でも迅人さん絶好調ですね。やっぱり名探偵です」

「さっきから、うさぎの言葉がヒントになっているけどな」

「うさぎの手柄は、迅人さんのお手柄です」

うれしいことを言ってくれる。こっちも感心してたら、

「って、また話を脱線させてます！　なぜ迅人さんはうさぎを好きかと言いますと……」

またそこに戻った。

「迅人さん、ここに来る前に言ってましたよね。しばらく共に時間を過ごすことで、好きという感情が生まれるのだと」

あんま覚えていない……と言うと、またぐいぐい来るから、

「ああ、言ったな。言った言った！」

あまり覚えてないけど、そう答えた。するとうさぎは、

「ですよねですよねー！」

と、うれしそうに詰め寄ってきた。結局どっちもどっちか！

「迅人さんは言ったのです。共に時間を過ごすことで好きになると。うさぎもまだまだ努

力ですよね」

「………？」

「ち、ちょっと待った！」

ひとりで納得して、進もうとするうさぎを止める。

またまたまた、僕の頭で何かがひらめいた。

どこからか現れた二匹のウサギが、杵と臼を使っておもちをぺったんぺったん。やがて、答えが見えてくる。

「迅人さん、うさぎの話をとめないでください」

「少しだけ時間をくれ。犯人を特定する手がかりが見つかりそうなんだ」

「それなら待ちますけどー」

うさぎはしぶしぶ答えた。

「しばらく共に時間を過ごすことで、好きになる……か。しばらく時間を過ごすことで、変わるものがあるんだな」

「そうですっ」

うさぎはそれを、僕の愛情のことだと思っている。

でも、今僕が考えているのはちがうことだ。だがあと一歩で、出てこない。

何でもいいから、引っかかってくるものがあれば……！

「迅人さん、一緒にいましょうねっ。うさぎは迅人さんのすべてを知りたいのです。迅人さんがお風呂に入っている姿さえ、うさぎは見ていたいのです」

げっ。昨夜の恥ずかしさを思い出し、赤面する。

「それは勘弁してくれ……って、あ！」

僕はうさぎに風呂をのぞかれた。柵の上にうさぎを見つけたときはびっくりしたなあ。

――という話では、もちろんなく。

あのとき、うさぎの前髪は湿気で崩れていた。そういうことか……。

すべてわかった。僕の頭で繰り広げられていた、ウサギの餅つきは終わったみたいだ。

「うさぎ。影山刑事の話だと、犯人はビニールハウス内を歩き回ったんだったな」

「はい。外で踏んだと思われるコケモモの葉が、数ヶ所に落ちていたということでしたね」

「だよな。そして犯行に使われた凶器は、その場にあった椅子だ。これはつまり、犯人は最初から殺害目的でビニールハウスに行ったわけではないということになる。しばらく被害者と話していて殺意がわき、そして……というのが事件当時の状況だろう。要するに犯人は、ビニールハウス内を歩き回り、被害者と話す時間もあった。それなりの時間、ハウス内にいたんだ。そのことから、犯人がわかる」

うさぎは首をかしげた。

「たったそれだけのことで、どうやって犯人が特定できるのですか？」

「できないことはない。犯人が脱ぎ捨てたカッパには血痕が残っていた。カッパをずっと着て長時間ハウスに滞在することで、ある変化が生じるんだ」

「カッパを着ることで……ですか？　どんな変化ですか？」

本当に、僕と関係がないことだと、推理力はまったく働かないんだな……。

「あの蒸し暑い中でカッパなんか着てみな。汗と湿気で、髪型――特に前髪は相当崩れるぞ」

「でもお風呂（ふろ）やシャワーに入れば……」

僕は首を振った。

「たしかに犯行後、返り血を洗い流すため風呂に入るのは不自然なことではない。でも、田渡さんの死体を発見して大騒ぎの僕と湯浅さんの前に、湯上がり姿で現れたのは誰だ？」

「町山さんと坂宮さんですね」

「そう、ここの従業員だ。ふたりともハウスの入り口がどちらにあるか知っているだろう」

「となると、やはり女子大生三人組の誰かが犯人になるのですね。でも、別に誰も変な前髪していませんでしたよ？」

「その通り。だから逆に考えてみるんだ。犯人は湿気の影響を受けない髪型の持ち主なんだ。どんな髪型がある？　例えば坊主（ぼうず）とか、例えばスポーツ刈りとか、今回のように女性の髪型だと――例えばオールアップとか」

「あ……!」

ひとり、該当する髪型の持ち主がいる。僕はうなずいた。

「そういうことさ。犯人は島寺さんだ」

13

何だかんだで、犯人がわかってしまった。

今でも、ドキドキしている。自分の力でここまでできたのは、初めてかもしれない。

「やりましたね……、迅人さん。影山刑事にこれを伝えましょう」

「ああ。よかった……、うさぎのおかげだよ。うさぎの言葉がヒントになったから、犯人がわかった」

うさぎはうれしそうに、

「いいのです。うさぎは迅人さんが好きなのですから」

にこっとした、うさぎの顔。それは、今まで見たうさぎの中で一番かわいかった。

「よし、推理を聞いてもらわないと」

「そうですね。迅人さん、行きましょう」

うさぎは僕の腕に抱きついてきた。うまく推理できて得意になってたけど、やっぱこの至近距離は慣れない……。

しかし、うさぎの足がピタッと止まった。

「どうした……？」

うさぎは僕の方を振り向き、

「迅人さんっ！」

え？　うさぎ怒っている？　うさぎはぷんすか顔を僕に近付け、

「迅人さん、何ですぐに話をそらすのですかっ！　うさぎの話は終わってないですっ！」

「あっ……そういえば」

「しらばっくれないでください！」

「そんなつもりなかったって！」

うさぎは、再び僕をベッドルームへ引きずり込んだ。


犯人は目と鼻の先にいる。でもうさぎにとって、もっと大事なことがあるのだ。

「どこまで話しましたっけ……」

「何だっけ。①僕が好きになるのは人間で、好きになったら声に出してはっきり言う、②うさぎという名前に出会ったのは初めて、③一緒の時間を過ごすにつれて、だんだんと好きという感情が芽生えていく、みたいな感じだったかな？」

「そうそう、それです。それで、なぜ迅人さんはうさぎのことが好きか、ですよね」

うさぎは一回うなずくと、

「えーと、まず迅人さんが好きになるのは人間ということでした。つまり迅人さんが好きな『うさぎ』とは、動物のウサギではなく、人間の『うさぎ』です。ただこれだけでは、朝比奈ではない、別のどこかのうさぎちゃんという可能性もあります」

「は、はあ……」

あいまいに返事するしかない。何の話？

「でも、です。迅人さんは、身近で『うさぎ』という名前に初めて出会ったのは……」

うさぎは自分で自分を指さすと、

「朝比奈うさぎが初めてということでしたね」

「そうだけど？」

「ですよね。さらに迅人さんは、しばらく共に時間を過ごすことで、その人を好きになると言っていました。ということは、身近な人物しか好きにならないということです。身近な『うさぎ』は今目の前にいるうさぎが初めてなのですよね？　つまり、『うさぎすき』の『うさぎ』とは、迅人さんの身近にいる唯一の『うさぎ』という人間、朝比奈うさぎということになります。迅人さん、しあわせになりましょうね」

……意味がわからない。

「待ってくれ、うさぎ。途中変だったぞ。『うさぎすき』って何だ？　僕、そんなこと言ってないぞ？」

「迅人さん、また照れ屋さんが出ちゃってますよ」

うさぎは目を閉じて、もじもじし出した。長いまつげが際立つ。

「いやいや、何のことだよ？」

「迅人さん、最初から言ってくれたじゃないですか。『うさぎすき』って」

「最初から？　稲葉家での事件のことか？」

「もちです！　事件解決後、迅人さんは気持ちを伝えてくれたじゃないですか」

「わからない。ストレートに言ってくれ」

「もう、ストレートに言ってほしいのは、うさぎの方なのですよ。迅人さんとうさぎの会話を思い出してください」

「えー、そんなの覚えていないよ」

「うさぎははっきり覚えています。それぐらいうれしかったのです。それじゃあ思い出させてあげますね」

うさぎは一人二役で、僕らの会話を再現した。

「迅人さん、うさぎはあきらめません――この帽子にかけて」

「帽子を編む前に、うさぎと迅人さんの関係を丁寧に編んでいきましょうね」

「うまいこと言うんじゃ……ってほどうまくもない」

「もっとも、うさぎの気持ちはすでに編まれていますけど。迅人さんの裁縫道具で」

「さすがに怒るぞ！　裁縫なんてできないって」

「でも、針も糸も糸通しも持っていたじゃないですか」

「銀貨だってば、あれは」

「うさぎは迅人さんのことを想うと、しあわせです」

「少し落ち着こう。なっ？」

「うさぎはウサギですから。寂しかったら……死んじゃいます」

「気持ちは変わらないからな！　そんなこと言っても」

「これから楽しみです！　これが、うさぎと迅人さんをつなげてくれましたね。迅人さんもお似合いですよっ」

「うわ、やめろ！　頭の取ってくれ！」


「……以上です」

うさぎは僕に、キラキラな瞳を押しつけてくる。

「ものすごい記憶力だけど、それがどうかしたのか？」

「どこまで言わせるのですか？」

うさぎは目を閉じている。そのときのことを、嚙みしめているようだ。

「うさぎは本当に感心し、そして尊敬しました。まさか会話にこっそり、うさぎへの気持ちを隠してくれるとは。最後に迅人さんが『頭の取れ』と言ったとき、うさぎは迅人さんの言った言葉の頭を、一文字ずつ振り返ってみたのです。そうしたら、何と……」

いや、待てよ。青ざめる、僕の顔。

嘘だろ……？　まさか……そんなことが……。

偶然だぞ……こんなの……。


「うまいこと言うんじゃゃ――」

「さすがに怒るぞ――」

「銀貨だってば――」

「少し落ち着こう――」

「気持ちは変わらない――」

うさぎは満面の笑みで、

「う！　さ！　ぎ！　す！　き！　うさぎは本当にしあわせです！　でもこのときはまだ疑っていたのです。ここでいううさぎとは、別のうさぎという人物、もしくは動物のウサギではないかと！　でも先ほど話しましたように、迅人さんの他の言葉と合わせることで、迅人さんが好きなのは朝比奈うさぎただひとりであることが証明されたのですっ！　迅人さんはうさぎのことが――好きなのですっ！」

「どういうことだぁあああ」

どこまでも落ちていく気分で、もう気絶寸前だ。

このめまいから逃れるために、うっかり「そうです」とか言っちゃいそうだった。

無事に犯人はわかった。

そして無事じゃないことに、うさぎの勘違いはなくならなかった。

「そんなことが、そんなことがぁあああ」

「迅人さん、落ち着いてください！」

落ち着けるかこんなの！

「あのとき、迅人さんはうさぎのことを、まだ『朝比奈さん』と呼んでいました。でも本当は、『うさぎ』と呼びたかったんじゃないですか？」

そうではないけど、心の中では『うさぎ』と呼んでいたのはたしかだ……。

「でも、迅人さんは恥ずかしがっちゃって呼べなかったのですね。だから仕方なく、言葉の中にさりげなく『うさぎすき』と忍ばせたのです。いじらしくて……素敵です」

どう弁解すればいいかわからない。僕はうさぎの妄想に恐怖しながら、

「わ、わかったから今度こそ、影山刑事のところに行こう」

「そうですね」

うさぎはいきおいよく駆け出した。そのとき——

「あっ」

うさぎのポケットからはみ出ていたものが、ドア枠のささくれに引っかかったようだ。

びりびりと音がした。

「ああ、迅人さんとの思い出の帽子が！」

うさぎの手にあるものには、見覚えがある。

破れたのは、あのときのニット帽だった。いつも持ち歩いているのかもしれない。

「せっかくの帽子なのに……」

うさぎが悲しそうな顔をする。

うーん、うさぎのこういう顔は見たくない。変わったのか、僕は。

だが次の瞬間、うさぎは恥ずかしそうにうつむきながら、

「でも迅人さん、これでますます、この帽子を直さずにはいられなくなりましたね。運命が、迅人さんに素直になれと言っているのです」

うさぎはニット帽を、僕の方に差し出した。

「えー、どういうことだよ！」

「うさぎは……しあわせです」

僕が変わったかどうかはわからない。ただうさぎは、最初からまったく変わっていない。

僕とうさぎは、影山刑事のいる部屋へ向かった。

「これから、今回の事件の犯人と対決することになりますね」

「そうだな」

実は内心、びくびくしている。僕は探偵としての実績がない分、犯罪者と向き合ったこともあまりないのだ。警察がいるとはいえ、はたして大丈夫だろうか。でも一緒に来てくれたうさぎに報いるためにも、弱音は吐いていられない。

それにしても、島寺さんがどうして殺人なんか？

緊張からか、こんな寒さなのにこめかみに汗が流れる。さらに情けないことに、震えて歯がガチガチ音を立てた。一晩中うさぎにドキドキして寝不足なのも、体の異常に拍車をかけているのかもしれない。

「どうしたのですか、迅人さん。汗かいてますよ」

うさぎに気付かれた。

「ああ、だって……」

この緊張感を説明しようとしたそのとき。

うさぎが、ここ数日で、一番わけのわからないことを口にした。

「この季節に暑さを感じることはないでしょうし……まさか本当に大麻？　そんな……禁断症状のわけありませんよね。となると迅人さん……」

うさぎはまたにっこり笑って、

「うさぎと距離を縮められて、緊張しているのですね。大丈夫ですよ、うさぎはそんな迅人さんのことも大好きです」

……ん？

何か今、明らかに浮いたワードがあったぞ？

「待ったうさぎ、今何て言った？　暑さを感じるはずはないって言った、その後だ」

「大麻のことですか？」

うさぎは無邪気に首をかしげた。

「いやいや、そんなきょとんとされても！　大麻？　僕らが知ってるあの違法の大麻か？　何で大麻が出てくるんだ？」

「とぼけなくて大丈夫ですよ。うさぎは迅人さんがそんなことしないって信じていますから。今いろいろなことが結びつきました。あのビニールハウスの中では、大麻が栽培されていたのですね」

「は、はいー？」

どこから出てきた、そのサプライズ？

僕は思わず足を止めた。やっぱり、最後まで様にならないんだよなあ。

14

様にならなかった僕は、うさぎから話を聞く。

せめて胸のもやもやを取り払いたい。なぜ大麻なんて出てきたのか。

「大麻栽培という結果から考えると、いろいろ見えてきますね。まず、お客さんが見学するわけでもないのに、なぜ田渡さんは道具類を、わざわざハウスの奥に置いたのでしょうか？　もっと入り口近くに置いた方が、何かと便利です。他にも手間がかかるはずです」

道具類や肥料はハウスの奥にあった。

「そうだろうけど……」

「田渡さんは、道具類や肥料等と一緒に、見られたくないものを置いていたのです。それが、ハウスに残っていた四角い箱の跡です」

「僕が冷蔵庫みたいって言った、あの跡か？」

「そうです。あの跡は一メートル四方くらいの大きさでした。しかしビニールハウスの入り口は、幅がせいぜい六十センチくらいだったと思います。そのままでは中に入れることはできません。ですので、あの箱は組み立て式の何かだったのです」

「組み立て式？　じゃあ冷蔵庫じゃないな？」

「もちろんです。おそらくあそこにあったのは、大麻栽培用のグロウテントです」

――グロウテント。

温度や日光代わりのライトを調節するなどして、植物の栽培を促すために使う直方体のテントだ。

「田渡さんは、ハウス内の植物すべて、精魂込めて育てていたのはたしかでしょう。でも、とりわけ力を入れていたのが大麻の栽培だったのです。大麻をハウス入り口近くで栽培するのは、心情的に避けたかったのでしょう。奥の方でこっそり栽培していたのです。一番気を使っていたから、用具類や肥料もその近くに置いていたのです」

「でも、そのグロウテントで栽培できる数なんて限られていそうだけど……」

「おそらくですが、この直廊山のどこかに大麻畑があるはずです。田渡さんはある程度グロウテントで育ててから、畑に移動させていたのです。でも、警察の捜査で何も見つかっていないのは何でだ？　グロウテントもなくなっているし」

「はい。田渡さんは何らかの理由で、大麻をすべてテントの外に出したのです。売るために出荷したのかもしれませんね。田渡さんは送迎バスを運転する係です。難なくできるでしょう」

さらにうさぎが説明を加える。

「もう一つ証拠があります。ハウス内には、マリーゴールドの花が咲いていました。マリーゴールドはその強いにおいで、栽培中の野菜に虫がつくのを抑えます。ところが、ハウス内で野菜は栽培していないとのことでした。単に観賞用としての栽培かと思ったのですが、他の手がかりと合わせると、マリーゴールドは大麻のにおいをカモフラージュするために植えられていたとも考えられます。大麻もまた、強いにおいを放ちますから」

僕は呆然とするばかりだった。

「ハウス内で大麻が栽培されていた可能性は非常に高いです」

うさぎ、本当にすごいな。僕は感服するしかなかった。

「それでさっき、迅人さんが汗をだらだら流していました。症状だけ見ると大麻の禁断症状にも思えますが、もう何ヶ月もうさぎは迅人さんのことを見張り続けています。もし迅人さんが大麻を服用していたら、どこかで絶対気付くことをお約束します」

犯罪に手を染めていないことは、しっかり証明してほしい。

とはいえ、『お約束します』だなんてはっきり言われるのも、それはそれで嫌だな……。

「でも、そんな素振りはありませんでした。つまり迅人さんの異常は、うさぎと距離を縮められたことによるドキドキだということになります。これは確証を持てます――迅人さん、うさぎのこと好きなのですね」

やっぱり結論はそこか！　そっちも確証は持たなくていいよ！


そのとき、突然、車数台分のエンジン音が聞こえてきた。

「何ですかね？」

うさぎが遠くを見上げた。

「この旅館にやってきたのか？」

僕らふたりの疑問は、耳に入ってきた声で解消された。

「岩科旅館！　大麻取締法違反の容疑で強制捜査する」

「あれ、今の声……」

僕は思わず、うさぎと真っ正面から目を見合わせた。うさぎも気付いたようだ。

「弥生さんの声ですね」

僕をおどろかせてばかりのうさぎも、まん丸なお目々でビックリしていた。

15

外に出ると、パトカーが数台旅館の前でライトを点滅させている。

大勢の警察官の前に立っているのは、お姉ちゃんと影山刑事だ。

「さっき連絡したばかりなのに、なかなか準備が早いわね」

「警視庁きっての名刑事に負けてられませんから」

「その気持ちが事件解決につながるなら何よりだわ」

影山刑事は笑った。なかなかいいバディ感が出てきている。

僕とうさぎは駆けよった。

お姉ちゃんと合流し、僕らは事件のことを伝えた。まさかこんなところで、いつもの三人がそろうとは。いつもの？　三人？　うさぎと僕ら姉弟は、すっかりトリオに？　まあ、いいか。

「お姉ちゃんどうして？　やっぱ佐々木と関係が？」

「大麻栽培の情報を入手したのよ。ただこの展開は予想していなかったわ……。まさか栽培人の方が殺害されているとは。もう少しで捕まえられたのに……」

僕はお姉ちゃんに、うさぎが大麻栽培を見抜いていたことを説明した。

だけど説明しているうちに不思議に感じてきた。

「でもうさぎ、やっぱり飛躍しすぎじゃないか？　よくそれだけで大麻を連想できたな」

するとうさぎはもじもじしながら、

「その……迅人さんの感情を……コントロールできればと……」

「ん？　僕の思考を自由にコントロール？」

何だ、その恐ろしいフレーズは。前もそんなこと言ってた気がするけど。

「大麻はうまく使えば、人の思考を……自由に……。以前、少し栽培法を調べたことがありまして。それでグロウテントだったり、においの強い植物でカモフラージュできたりすることを知りました。うさぎは、迅人さんの、感情を……」

――ま、まさか、僕にこっそり使用させようと？

「おいおい、栽培だなんて、何てこと考えるんだ！　絶対にやめてくれ！」

うさぎはしゅん、とうなだれた。

「う、うなだれるな！　僕は知らない間に大麻漬けにされていたのかもしれないのか
……」

さすがにこれは怒っていいやつ！　しかも目の前に警察がいるのに、何て大胆なんだ！

「迅人さん、そこまでうさぎのことを心配してくれて……。迅人さんはうさぎのこと
……」

「それでごまかすのもダメだぞ！」

めずらしく、うさぎの飛躍する妄想をたしなめることができた。

だって、これで怒らないのはさすがにアウトだ。


そのとき、どこかでパチパチと音がして、焦げ臭いにおいが漂ってきた。

うさぎが鼻をぴくぴくさせる。

「何か燃えていますか……？」

「裏庭の方だ、急げ！」

僕らはすぐに裏へ回った。すると、ビニールハウスの中から煙がもれていた。満月の下、火のようなオレンジ色が見えている。

「燃えているのか」

裏庭をつっきって、ビニールハウスに近寄ると、

「ねえ、島寺がいない！」

山岡さんと岩井さんが、泣きそうな顔で後ろから走ってきた。

「さっき、キッチンからカセットコンロを持ち運ぶのを見たの。見たことがないような顔をしてた。それからどこ行ったかわからなくて。もしかしたら……あの中に……」

山岡さんはその場に崩れ落ちた。お姉ちゃんがあわてて支える。徐々に火は強くなっているようだ。島寺さんが中にいるかわからないし、入ったら無事出てこられるかどうかわ

からない。

一瞬ためらっていたら、ふと背中が軽くなった。

うさぎがシュッと、ビニールハウスの中へ入っていく。

「うさぎ！」

僕はあわてて後を追いかけた。

「迅人、うさちゃん、戻れ！」

お姉ちゃんの声は、聞こえていたけど聞いていなかった。


ハウスの奥には、島寺さんが立っていた。その手前にうさぎもいる。徐々に燃え広がっていく火が、ふたりの顔を赤く染めている。

島寺さんは、僕とうさぎを見るとびっくりした表情で、

「どうしたの？　危ないから出た方がいいよ」

「し、島寺さんも出るのですっ！」

うさぎが跳びはねながら言った。しかし、島寺さんは疲れ切った表情で、

「私はいいよ。いつかはこうなると思っていたからさ」

「まずはここを出て、きちんと何があったか話しましょう！　すべてはそれからです」

うさぎの言葉に、島寺さんは首をかしげたが、すぐに笑って目を伏せた。

「やっぱりうまくいかないか。どうやら気付いているみたいだね。そうだよ、あいつを殺

したのは私よ」

「何でそんなことを……」

　僕がきくと、

「あいつらのせいで、私の妹は命を落とした。まさか妹の敵に会えるとは思わなかったよ。だから、この機会を逃すことはできなかった」

　あいつら、とは。疑問に思っている間も、だんだんと煙はこもっていく。

「こんなことしないで、さっさと白状すればよかったかな」

「話は外で聞かせてくれ。ここは危ないから出よう」

　しかし島寺さんは首を横に振り、

「いいよ、私は。ここで死ぬ」

　心に固く決めているようだ。

「妹はいないし、ここから出ても、殺人犯としての一生が待っているだけだしね。そんなの、私は嫌なんだ」

「そんな、自分から死ぬなんてだめですっ……」

　うさぎが一歩踏み出したとき、お姉ちゃんもやってきた。

「何してるの！　早く出なさい！」

　叫ぶお姉ちゃんの顔を、島寺さんは見ようともしない。ただ煙がたちこめ、やがて崩れるであろうハウス内を見つめている。

火の勢いが強くなってきた。僕は思わず島寺さんに近寄り手を取った。力尽くでも外に出すしかない。

「とにかく出るんだ」

「私のことはいいから！」

島寺さんは僕の手を思いっきり振り払った。その目には涙が浮かんでいる。

お姉ちゃんが叫んだ。

「先に迅人とうさちゃんは出て！　あぶない！」

そのとき、うさぎがうつむきながら、島寺さんの手をつかんだ。

「どうして……どうして……そんなことを言うのですか……」

泣いているようだ。

「あなたはまだ生きられるのです。そのチャンスをどうして、自分から捨てようとするのですか？　先のことを考えるのは、ここを出た後でいいのです！　今はすぐに出るべきです！」

「もう私はやり直すことなんてできないんだよ！」

島寺さんの声が響く。うさぎは、つかんだ島寺さんの手を強く振りながら、

「人生にやり直しなんてありません！　先に見えるのがただの真っ暗でしかなくても、ずっと進むだけなのです！　あなたもうさぎも……誰だって、やりきれない思いがあったとしても……それに気付かないふりをしてでも、いくしかないのです！」

うさぎの勢いに、島寺さんの気持ちが緩んだのがわかった。ちょうどそのとき――

「きゃあ！」

支柱が崩れてきて、うさぎに覆（おお）いかぶさりそうになる。

「あぶない！」

僕はうさぎの手を引っ張ると、そのまま自分の胸に抱きよせた。

「迅人さん……」

うさぎの潤（うる）んだ目は、僕を見つめるだけだった。

突然の事態に、島寺さんも動揺したようだ。呆然と立ち尽くしている。

――今だ。僕はすきをついて、島寺さんの手も引っ張った。

「もう限界だ！　みんな急げ！」

今度こそ離されないように、入り口まで連れて行こう。

そのとき、僕の胸元がふと軽くなる。

気が付いたら、うさぎは僕から離れていた。そして泣きじゃくりながら、後ろから島寺さんの背中を押してくれていた。島寺さんをどうしても救いたいのだ。

――こんなうさぎは初めて見た。

思えば僕は、うさぎのことを何も知らない。

うさぎの先には真っ暗しか見えなかったか？　やりきれない思いをずっと抱えていたのか？　いつか、その思いを聞くことができる日は来るのだろうか。

うさぎはめそめそしながら、小さい体で島寺さんを必死で助けた。

僕らが出ると同時に、火がひときわ大きく燃え盛り、そしてハウスは崩れ落ちた。

「私も、一緒に燃えてしまえば……」

炎を見つめる島寺さんに、

「島寺――」

山岡さんと岩井さんが駆けよる。

「何してたのよー」

泣いて抱きつくふたり。岩井さんは島寺さんの腕を握りながら、

「私……。島寺が朝に部屋を出たのわかったから、ひょっとしたら……って」

「島寺、戻ってきたときから様子おかしかったよ？」

山岡さんも、島寺さんの顔をジッと見つめて言った。山岡さんも岩井さんも、島寺さんを疑ってはいたのだ。

片桐さんが逃走したとき、山岡さんがホッとした様子だったのはそのためだろう。自分の疑いがまちがいでよかったと、そう思っていたのだ。ただ、現実は残酷だったけど。

ふたりを戸惑いながら受け止める島寺さんの目に、やがて涙があふれた。

「ごめんね……」

島寺さんは、それしか言わなかった。

「よかったですー」

うさぎがへなへなと、その場にへたりこみそうになる。

「大丈夫か？　うさぎ、本当にありがとうな」

僕はうさぎを抱きとめた。

「生きていれば……ですよね……」

うさぎは遠くを見つめて言った。

16

「大変なことになったけど、全員無事でよかったわ。思わぬところから大麻の栽培元を突き止められたんだけど、ふたりのおかげよ。私にはずっと追いかけていた案件があったの。去年から、八王子市内の若者を中心に、急に大麻がはびこり始めた。その影響で傷害事件や交通事故なんかも増えてね。捜査を進めて、どうも双子の売人が関係していることまではわかった。でも、そこから先がどうしてもわからなかったのよ」

お姉ちゃんも、僕の知らない間にがんばっているのだ。

「でも意外な角度から糸口が見つかった。それにはまず、プライマルワールドでの事件と、佐々木の死の関係を話す必要があるわ」

「えっ」

僕は思わず声を出してしまった。

「プライマルワールドの事件？　今回の事件と関係あるのか？」

お姉ちゃんはうなずいた。

あの事件、結局佐々木は犯人ではなかったではないか。だから僕は、佐々木殺害事件はまったく別の話だと思っていた。

疑問に思いながら、お姉ちゃんの話に耳をかたむける。

「私たちがプライマルワールドで事件に遭遇した日、佐々木もあの日、あそこにスリをしに来ていた。そして偶然、大麻を盗んだのよ。そこからすべてが始まった」

「大麻を？　誰から？」

「あのときの殺人事件の被害者からよ」

「お姉ちゃん、それってどういう……。被害者が大麻を持っていたのか？」

「どういう関係があるのですか？」

うさぎも不思議そうだ。やはり僕に関係ないと、あの推理力はなりをひそめてしまう。

「犯人との関係も当然疑うわよね。あの事件は、ただのカップルの痴話げんかなんかじゃなかった。大麻の売人同士が言い争いとなり、一方が一方を殺害してしまうという事件だったのよ。プライマルワールドで、大麻の受け渡しがおこなわれていたんだわ」

事件の様相が一変する。

「これは全くの盲点だったわ。遊園地は広大だし、警察の目も届きにくい。売人の一方はスタッフだから、監視カメラの目をくぐり抜けるのもお手のものだったのね。園内でピーリィに扮して受け渡しをしていたのが双子の売人の弟、ここで栽培をしていたのが兄よ。田渡は偽名で本名は石橋。その弟がようやく白状したわ。最初はしらばっくれてたけど、ついに私の粘り勝ちだったわね。プライマルワールドで犯罪をするなんて、私を怒らせた罪は重い」

あの事件の犯人が捕まったとき、お姉ちゃん相当怒っていたからな。たしか、地獄の果てまで追い詰めるみたいなことも言っていたような。本当に犯人はすべてを暴かれたのだ。

「あのとき殺害された女は、弟から大麻を受け取って、客に売りつける役だったみたい」

そういえば、事件の後にお姉ちゃんが言っていた。カップルの手がかりが、ほとんどなかったと。それにも納得がいった。そもそもカップルではなかったのだ。

「証拠隠滅のためとはいえ、ブランケットを処分するのが早すぎると思ったのよ。焦っていたから、であのときは済ませちゃったけど、そうじゃなかったのね」

「血痕がついていたわけではないのか？」

「ええ。大麻の欠片がブランケットに付いたように思ったみたいね。もし現場に残ったブランケットに大麻が付着していたら、犯行動機から捜査され、殺人容疑で逮捕されるだけでなく、売人としての犯罪まで露呈してしまう。それであわてて燃やしたそうよ」

被害者がブランケットを持っていたのは、受け渡しの際に顔をフードで隠すためだろう。さらにお姉ちゃんは、話を続ける。

「あの日、被害者の女は弟から大麻を受け取った。だけどリュックの中の大麻を、佐々木に盗まれてしまった。よりによってというよりは、当然の報いとでも言いたいところだけど」

そういえば監視カメラに、焦った様子の被害者が映っていたはずだ。

あれは、リュックの中の大麻がないことに気付いたからだったのだ。

「そこで仕方なく女は、ふたたびピーリィと接触することにした」

「そんな簡単に、何回もふたりっきりになれるのですか？」

すっかり聞き役に回ったうさぎが、お姉ちゃんに尋ねた。

「大勢の客に紛れて、手紙を渡したみたいよ。結果、うまくいったわけだけど」

たしかにピーリィに手紙を渡す光景は、何ら不自然ではない。

「そしてもう一度落ち合ったふたりだけど、大麻を盗られるなんてとんでもないミスよね。ミスをめぐって口論となり、弟は女を殺害してしまった。だけど、それをこっそり目撃していた男がいた」

「佐々木ってことか……」

僕の言葉に、お姉ちゃんはうなずいた。

「佐々木は奪ったのが大麻であることにすぐ気付き、恐喝するつもりで女を尾行していたのね。そして殺害現場を目撃した。もう一つ恐喝ネタが増えたと考えた佐々木だったけど、うさちゃんの活躍で犯人はすぐ逮捕。それで佐々木も一度は恐喝をあきらめたが、事件の報道を見て、大麻がらみの話題がまったく報道されていないことに気付く」

そうだ。今でも世間では、あれは恋人間で起こった事件という認識のままだ。

「それを疑問に思った佐々木は、逮捕された弟について調査し続けた。その執念が実り――実るなよって言いたいところだけどさ――、兄と栽培元の旅館を知ったのね。それで弟の代わりに兄を強請（ゆす）ることにしたけど、返り討ちにあい殺されたんだわ」

「これで、田渡がビニールハウス内の大麻を、いったん片付けた理由もわかるでしょ？　弟が逮捕されたことを知り、万が一に備えて処分したのね。ほとぼりが冷めたら再開するつもりだったのだろうけど、それも叶（かな）わなかったわね」

後日、直廊山の山中に大麻畑があるのが発見された。また不法投棄された粗大ごみに紛れて、グロウテントが放置されているのも。

大麻畑は、僕らが以前行ったペンションの近くにあった。そしてここから、ペンションの事件の隠された真相が明らかになる。

あの事件で犯人の夏川さんは、死体を外に運び出さずに、ペンション内に置いたままにしていた。

なぜ夏川さんは、『外部犯が証拠隠滅のために死体を外に運んだ』というシナリオを採用しなかったのか。

あのときうさぎは、住居侵入して窃盗（せっとう）もしている外部犯が、わざわざ死体を外に運んでまで証拠隠滅するとは思えないと、そう説明した。でも、そうではなかったのだ。

夏川さんは、田渡さんに頼まれて大麻畑の管理をしていた。

ペンションの経営があまりうまくいっていない夏川さんにとって、たいした手間を取らずに副収入を得られるのは大きかったのだ。

あの事件の被害者、春日さんは散歩をしていて大麻畑に気付いた。あちこちを旅していた春日さんは、大麻の実物を見たことがあったのだろう。食事のときのいやらしい態度は、夏川さんに見せつけるためだったのだ。

そして春日さんは夜中、夏川さんを脅した。

好色そうな春日さんを警戒した夏川さんは、部屋ではなくあえてリビングで話をすることにした。案の定言い寄ってきた春日さんだったが、その口実が大麻畑であったため夏川さんはどうしようもなくなり、結果、思わず春日さんを殺害してしまった。逮捕後に述べた、かつてもてあそばれた恨みというのは、まったくの作り話だったようだ。

もし死体を外に運び出していたら、発見された際、警察はまちがいなくペンション周辺を捜索する。大麻畑の存在が明るみに出てしまうかもしれない。

それをさけるために、夏川さんは警察の捜査範囲をできるだけ狭くさせる必要があった。だからあえて、死体をペンションに置いたままにしたのだ。

次に僕らは、岩科旅館での事件のことを聞いた。

「それで、島寺さんが田渡さんを殺害したのはなぜ?」

「島寺は、プライマルワールドで殺害された被害者の姉よ。あの三人が旅行先をこの山に決めたのは、島寺の案によるものだったらしいわ。妹の遺品から岩科旅館に何かがあることを知った島寺は、ちょうど旅行を計画していたので、ここに来ることにした。元々旅行は、山岡と岩井が島寺を励ますために決めたみたいね。ただ島寺も、妹の死の理由を突きとめるつもりはなかった——ここで偶然、妹を殺害した男とそっくりな顔の相手に出会うまでは」

「偶然だったのか……」

あの三人が到着したとき、ちょうど田渡さんが帰ってきた。

そこで島寺さんは気付いたのかもしれない。

「島寺は田渡と話をしてみることにした。けど、ビニールハウスで田渡と話すうちに、大麻売買に手を染めた妹を止められなかった自責の念と、復讐(ふくしゅう)心が燃え上がり、殺してしまった。ったく、大麻栽培するようなやつのことなんて、警察に任せておけばいいのよ。そんなくだらないやつのために、自分の人生、棒に振ることなんてしなくていいのに。ちなみに島寺がビニールハウス内を歩き回った痕跡があったのは、大麻を見つけようとしたためね」

お姉ちゃんもやりきれないようだ。

後日、警察は片桐と名乗った男の自宅をつきとめて逮捕した。

男は双子から大麻を買ったことがあり、そこで面識ができた。なぜ旅館にやってきたかというと、田渡に呼ばれたそうだ。

呼ばれた理由は、弟に代わる新たな仲介役となるため。

それで、なぜあんなタイミングで旅館から逃走したのかもわかった。旅館に来た理由が理由だけに、なるべく警察とは関わりたくない。そして男は、自分が犯人でないことをわかっている。名前や連絡先はすべて嘘を伝えているから、うまく逃走して後は殺人犯が捕まれば、警察から逃げられると思ったそうだ。

旅館に来たときに、食堂にいた僕をしげしげと見つめていたのは、田渡さんと背格好が似ていた僕を、一瞬田渡さんと勘違いしたからだろう。

そして、こっちも一つの片が付く。

「望月さん」

捜査も一段落付いたようだ。影山刑事がお姉ちゃんに声をかけた。

「本当に今回はありがとうございました。望月さんの協力がなければ、管轄内で大麻栽培を続けさせてしまうところでした」

頭を下げる影山刑事。お姉ちゃんはしおらしく、

「そんな……。こっちこそ協力してもらったし……」

「望月さん……」

その後の言葉が続かない。影山刑事は、お姉ちゃんを見つめるばかり。

「影山さん……」

お姉ちゃんも、その視線を捉えて離さない。

何かいい雰囲気だぞ？　がんばれお姉ちゃん、チャンスだ！

「影山さん、私は――」

お姉ちゃんが何かを言いかける寸前、影山刑事が口を開く。

そして飛び出してきたのは、予想外の言葉だった。

「望月さん、実は私、……子供が生まれたばかりでして」

「……えっ？」

お姉ちゃんが目をむく。影山刑事は照れ臭そうに頭をかく。

「望月さんのようなすてきな強い女性になってほしいので弥生って名付けてもいいですか？」

衝撃の事実、お願いにお姉ちゃんは啞然としている。そして絞り出すように「も、もちろんです！」と言うと、「ありがとうございます！」と、影山刑事はきれいにお辞儀した。

「そうさ、私には仕事しかないのだ、そう、仕事しか……」

影山刑事が去った後、ぶつぶつ言うお姉ちゃん。

今度の淡い恋も、あっけなく終わってしまったようだ。

「お姉ちゃん、はい」

僕はバッグに入っていたピーリィの飴をあげた。

その合間に、次こそいい人が見つかりますように。

これからますます、日夜街を騒がせる事件の捜査に燃えるのだろう。

吠える刑事、望月弥生。

「こんなんで元気……こんなんで元気……、出すしかないだろ！」

お姉ちゃんは「ありがとう」と、それを口に入れると、
お姉ちゃんが本庁に連絡するというので、僕とうさぎは待っていた。

手持ち無沙汰に、うさぎが僕に目を合わせた。

「迅人さん、今回も名探偵でしたね」

「うさぎがいなくちゃ解決できなかったよ」

「そんなことないです」

健気だな。こういうところは、すごくかわいらしい。

そんなうさぎのポケットから、何かがはみ出ている。それは、ドア枠のささくれに引っかかって破れてしまったニット帽だった。

——うん。

僕は思い立った。

「うさぎ。そのニット帽貸してくれないか。やったことないけど、繕ってみるよ」

途端、うさぎはぴょんぴょん跳び始める。

「本当ですか？　やったあ、やったあ！」

「でもきれいに直せるかなあ」

「いいのです。迅人さんが直してくれるというそのことが、大事なのです」

僕はニット帽を受け取った。

「すぐには直せないから、しばらく待っててくれよ」

「もち、です！　迅人さん、うさぎのこと好きなのですね？」

返事の代わりに、僕はニット帽を宙にかかげた。

島寺さんを救ったときの、うさぎの真剣な表情を思い出す。

僕はもう少し、うさぎの相手をしてもいいかもしれない。

しかし、大変な旅だったな。

自宅兼事務所に戻ったのは、明け方に近かった。

こうして事件は終わった。

17

僕は、異常な重みで目覚めた。

窓の外はほの暗い。まだ早朝のようだ。

この重さは、旅の疲れが残っているせいか？　あまり寝ていないし、そりゃそうだな……と思いきや、そうではなく。

「うわぁあああああ」

目を開くと、すぐ前にうさぎがいる。

「迅人さんっ！　ニット帽もう直してくれました？　取りに来ました！」

うさぎは僕に乗っかって、正座をしていた。胸のところで、人の形のぬいぐるみをかかえている。

「いやいや、昨日っていうか、さっき帰ってきたばかりだぞ！　直せるわけないだろ！」

「えー。楽しみにしているんですよ？　お返しに迅人さんのぬいぐるみ作ってきたのに」

うさぎはぬいぐるみの頭をなでた。顔が僕そっくりにつくってある。よく見ると、ぬいぐるみの手とうさぎの腕は、手錠でつながれていた。

「にしても待たなすぎだって！　また勝手に家に入ってきてるし！　寝てないのか？」

「ちょっとぐらい寝なくても、うさぎは大丈夫です」

「どんな体力なんだ！」

そのとき、うさぎは何かを察したかのように、目を細めて笑った。

「あー、わかりました！　迅人さん、ニット帽を直さないでおけば、こうしてうさぎが何回も催促しに会いに来ると思って、あえて直さずにいるのですね？」

「直そうが直すまいが、どっちにしろ来るだろ！　重いからそこどいてくれ！」

「もう、迅人さんのそういうところ大好きです。だから……」

うさぎは僕に顔を近付けて、

「迅人さん、うさぎのこと好きなのですね」

そのまま僕に抱きついた。

同時にカシャンと金属音がして、手首に冷たい感触が。僕とうさぎは、手錠でつながったのだ。

満足そうなうさぎの、かわいい顔。でも――

「やっぱ……やっぱ無理だ、僕には！」

うさぎの言う、『だから』の意味がわからない。

振り回されまくる未来しか見えないが、大丈夫か？

兎突猛進な朝比奈うさぎの錬愛術に、どう応えればいいのか。

きっと僕は、まだまだ悩み続けるのだろう。

本書は新潮文庫のために書き下ろされた。

早坂 吝 著

探偵AIのリアル・ディープラーニング

天才研究者が密室で怪死した。「探偵」と「犯人」、対をなすＡＩ少女を遺して。現代のホームズvs.モリアーティ、本格推理バトル勃発!!

王城夕紀 著

青の数学

雪の日に出会った少女は、数学オリンピックを制した天才だった。数学に高校生活を賭す少年少女たちを描く、熱く切ない青春長編。

伽古屋圭市 著

断片のアリス

ログアウト不能の狂気の館で、連鎖する殺人。囚われた彼女の正体と、この世界の真相とは。予測不能の結末に驚愕するＶＲ脱出ミステリ。

喜多喜久 著

創薬探偵から祝福を

「もし、あなたの大切な人が、私たちの作った新薬で救えるとしたら――」。男女ペアの創薬チームが、奇病や難病に化学で挑む！

桜庭一樹 著

青年のための読書クラブ

山の手の名門女学校「聖マリアナ学園」。謎と浪漫に満ちた事件と背後で活躍する読書クラブの部員達を描く、華々しくも可憐な物語。

似鳥鶏・友井羊・彩瀬まる・芦沢央・島田荘司 著

鍵のかかった部屋
―5つの密室―

密室がある。糸を使って外から鍵を閉めたのだ――。同じトリックを主題に生まれた5種5様のミステリ！ 豪華競作アンソロジー。

時は止まったふりをして
藤石波矢著
十二年前の文化祭で消えたフイルムが、温かな奇跡を起こす。大人になりきれなかった私たちの、時をかける感涙の青春恋愛ミステリ。

スクールカースト殺人教室
堀内公太郎著
女王の下僕だった教師の死。保健室に届く密告の手紙。クラスの最底辺から悪魔誕生。もう誰も信じられない学園バトルロワイヤル！

シャーロック・ノート
―学園裁判と密室の謎―
円居　挽著
退屈な高校生活を変えた、ひとりの少女との出会い。学園裁判。殺人と暗号。密室爆破事件。いま始まる青春×本格ミステリの新機軸。

彼女を愛した遺伝子
松尾佑一著
遺伝子理論が導く僕と彼女が結ばれる確率は0％だけど僕は、あなたを愛しています。純真な恋心に涙する究極の理系ラブロマンス。

かぜまち美術館の謎便り
森　晶麿著
突然届いた18年前の消印の絵葉書。当時死んだ少年画家の物がなぜ？　学芸員パパと娘が名画をヒントに謎を解く新・美術ミステリー。

忘霊トランクルーム
吉野万理子著
祖母のトランクルームの留守番をまかされた高校生の星哉は、物に憑（と）りつく幽霊＝忘霊に出会う――。甘酸っぱい青春ファンタジー。

江戸川乱歩著

怪人二十面相
―私立探偵　明智小五郎―

時を同じくして生まれた二人の天才、稀代の探偵・明智小五郎と大怪盗「怪人二十面相」。劇的トリックの空中戦、ここに始まる！

江戸川乱歩著

少年探偵団
―私立探偵　明智小五郎―

女児を次々と攫う「黒い魔物」vs.少年探偵団の血沸き肉躍る奇策！　日本探偵小説史上最高の天才対決を追った傑作シリーズ第二弾。

江戸川乱歩著

妖怪博士
―私立探偵　明智小五郎―

不気味な老人の行く手に佇む一軒の洋館に、縛られた美少女。その屋敷に足を踏み入れたとき、世にも美しき復讐劇の幕が上がる！

麻耶雄嵩著

あぶない叔父さん

高校生の優斗となんでも屋の叔父さんが、奇妙な殺人事件の謎を解く。あぶない名探偵が明かす驚愕の真相は？　本格ミステリの神髄。

有栖川有栖著

絶叫城殺人事件

「黒鳥亭」「壺中庵」「月宮殿」「雪華楼」「紅雨荘」「絶叫城」――底知れぬ恐怖を孕んで闇に聳える六つの館に火村とアリスが挑む。

有栖川有栖著

乱鴉の島

無数の鴉が舞い飛ぶ絶海の孤島で、火村英生と有栖川有栖は「魔」に出遭う――。精緻な推理、瞠目の真実。著者会心の本格ミステリ。

デザイン　川谷康久（川谷デザイン）

朝比奈うさぎの謎解き錬愛術

新潮文庫　ま－53－1

平成三十年十二月一日発行

著者　柾木政宗

発行者　佐藤隆信

発行所　株式会社　新潮社

郵便番号　一六二―八七一一
東京都新宿区矢来町七一
電話　編集部（〇三）三二六六―五四四〇
読者係（〇三）三二六六―五一一一
https://www.shinchosha.co.jp

価格はカバーに表示してあります。

印刷・錦明印刷株式会社　製本・錦明印刷株式会社

ISBN978-4-10-180143-8 C0193